Paxtons überraschendes Familienglück

FARRADAY COUNTRY · BOOK SIXTEEN

CHRIS KENISTON

Indie House Publishing

Indie House Publishing

KAPITEL EINS

„**U**nd … Schnitt.“

Jetzt, wo die Kameras nicht mehr liefen, lehnte sich Paxton Farraday nach links und dann nach rechts und streckte den Rücken. Obwohl er argumentiert hatte, dass es nicht nötig wäre, den Umbau des Hotelbadezimmers zu filmen, da diese Folge bereits abgedreht war, bekam die Produktionsfirma, was sie wollte. Es war schlimm genug, dass er jeden seiner Geburtstage spürte, es gab keinen Grund, auch noch seinen schmerzenden Rücken zu filmen, so dass die ganze Welt es sehen konnte.

„Ich hasse es, Badewannen einzubauen.“ Quinn, Paxtons nächstälterer Bruder – die fünf Minuten, die Owen ihm voraus hatte, nicht mitgerechnet – ließ seine Schultern kreisen. Anscheinend war er nicht der Einzige mit Altersproblemen. „Eine einfache Badewanne ist nicht so schlimm, aber diese verdammten All-in-One-Teile haben ihren eigenen Kopf.“

„Ja, erinnere mich daran, mich nie wieder darüber zu beschweren, Säcke mit Mulch oder Bäume zu schleppen. Badewannen herumzutragen und einzubauen ist moderne Folter.“ Er ließ seinen Rücken knacken. „Richtig schmerzhaft.“

„Einverstanden.“ Quinn nickte. „Das nächste Mal können die Jüngeren diese Dinger schleppen.“

Das Kamerateam zog sich zurück. Jemand rief Mittagspause und Valerie, Morgans Frau und

Produzentin der Show, eilte gekleidet mit einem Schlapphut und einer großen Sonnenbrille – das einzige Überbleibsel aus ihren modischen Tagen in Los Angeles – auf sie zu. „Ausgezeichnete Aufnahmen, Jungs. Das Feedback der Geldgeber bezüglich der letzten paar Episoden war großartig und der Internet-Hype bei der Fangemeinde geht durch die Decke. Jetzt müssen wir über diese Off-Camera-Bauarbeiten reden."

Paxton wechselte einen Blick mit Quinn. „Off-Camera-Bauarbeiten?"

Ihr Blick verengte sich und die Frau seines Bruders Morgan ließ ihre Hände auf ihre Hüften sinken. „Lest ihr beide keine meiner Memos?"

„Natürlich tun wir das." Stirnrunzelnd sprach Quinn, bevor Paxton zugeben konnte, dass er vielleicht ein paar nur überflogen hatte.

Obwohl Valerie lächelte, war ihre Frustration über ihre Schwäger deutlich zu erkennen. „Die Show wurde angesprochen, ob sie den Bau eines neuen Hauses für eine bedürftige Familie finanzieren würde. Da die Einschaltquoten für das renovierungsbedürftige Gehöft so hoch waren, dachten die Verantwortlichen, ein ähnliches Projekt für wohltätige Zwecke wäre eine großartige Werbung. Sie waren ganz scharf darauf."

Als er darüber nachdachte, erinnerte sich Paxton daran, dass er in einem ihrer nicht enden wollenden Memos den Namen einer bekannten Wohltätigkeits-organisation entdeckt, aber den Rest nur überflogen hatte. „Da muss ich die Einzelheiten übersehen haben, aber du weißt doch, dass wir immer bereit sind zu helfen. Im Rahmen des Zumutbaren."

Quinn nickte. „Einverstanden. Aber abseits der Kamera? Wie soll das die Einschaltquoten der Show steigern?"

„Vielleicht gibt es ab und zu ein Kamerateam für Social-Media-Videos. Jetzt, wo wir diese Staffel fast beendet haben, werdet ihr, sobald wir die Abschluss-folge gedreht haben, jede Menge Zeit für das Projekt haben."

Viel Zeit? Paxton hatte nichts dagegen, jemandem zu helfen, der eine schwierige Phase durchmachte, aber die Baufirma hatte für die Staffelpause genügend Projekte von hier bis Oklahoma und zurück in ihrem Terminplan. „Wir sollten besser Owen suchen, aber können wir das nicht irgendwo anders als in diesem engen Badezimmer besprechen?"

Valerie sah sich um und kicherte. „Guter Punkt. Lasst uns nach draußen gehen."

Paxton folgte ihr mit Quinn. Sie ließen sich an einem Picknicktisch neben Mollys Imbisswagen nieder.

Valerie stellte ihre Thermoskanne auf den Tisch und blickte von einem Bruder zum anderen. „Das Gebäude ist Standard. Drei Schlafzimmer, zwei Bäder und eine Garage für zwei Autos. Eingeschossig. Ungefähr hundertzwanzig Quadratmeter. Kinderleicht."

Paxton hätte beinahe gelacht. So wie seine Schwä-gerin die anstehende Aufgabe beschrieb, klang Hausbauen wie Legospielen.

Er warf Quinn einen Blick zu. „Wusstest du davon?"

Quinn runzelte die Stirn. „Kann ich nicht behaup-ten."

Valerie schüttelte den Kopf. „Das Franchise hat ein Grundstück in der Nähe der Innenstadt gekauft."

„Wo?", fragte Paxton.

„Ich habe die Straße vergessen. Die, in der ein Haus Feuer gefangen hat und bis auf die Grundmauern niedergebrannt ist. Das Haus war ein Gesundheits- und Sicherheitsrisiko. Die Stadt hat es abgerissen, das Fundament stehengelassen, und die Wohltätigkeits-organisation hat es für einen Spottpreis gekauft. Owen hat versprochen, es in eurem Terminplan unterzubringen, also kann es losgehen. Der Sender liebt die Idee von Wohltätigkeitsarbeit und wegen der Popularität von *Construction Cousins* ist Tuckers Bluff jetzt bekannt."

„Großartig. Als Nächstes werden Leute aus anderen Bundesstaaten hierher strömen und die Einheimischen aus dem Markt drängen." Quinn stieß bei seinen eigenen Worten einen Seufzer aus. „Anwesende ausgenommen."

„Verstanden." Sie schüttelte den Kopf. „Ich dachte wirklich, Owen hätte alle über die Einzelheiten informiert. Jedenfalls, der Grund, warum ich mir euch beide geschnappt habe, ist, weil Owen gesagt hat, ihr würdet in dieser Sache auf dem Laufenden sein."

„Wir?"

Sie nickte. „Das hat er gesagt. Die Regeln sind die gleichen wie bei allen anderen Wohltätigkeitsprojekten. Die bedürftige Familie wird so viel mitanpacken, wie es die Zeit erlaubt. Alle werden ihren Teil beitragen."

„Haben sie irgendwelche praktische Erfahrung?" Paxton war nicht begeistert davon, jemanden auf einer Baustelle zu haben, der keine Erfahrung mit Elektrowerkzeugen hatte. So landeten Leute in der Notaufnahme.

„Keine Ahnung, aber die meisten Leute, denen ein erschwingliches Dach über dem Kopf angeboten wird, sind lernbegierig."

Paxton widerstand dem Drang, zuzustimmen. Die Manager des Senders waren ein Fluch für seine Brüder und ihn. „Ich fahre in die Stadt."

„Jetzt?" Quinns Augen weiteten sich.

„Owen hilft Jamison im O'Faredeigh's. Ich denke, ein kleiner Plausch wäre angebracht."

„Klingt gut." Quinn nickte.

Sein Bruder musste den Verstand verloren haben, wenn er den Bau eines ganzen Hauses von Grund auf in ihren vollen Terminkalender hineinquetschte. Obwohl er gerne für eine gute Sache schuftete, konnte er sich nicht vorstellen, wie das funktionieren sollte. „Was hat sich mein geliebter Zwilling dabei nur gedacht?"

„Oh, sieh mal! Ein Spielplatz." Sandra Lynns Sohn blickte sie mit Hundeaugen an. „Können wir nicht anhalten und spielen? Nur ein bisschen?"

Das Letzte, was sie brauchte, war ein weiterer Stopp. Nach einer so langen Fahrt wollte sie nur noch bei ihrer Mutter ankommen, die wenigen Sachen auspacken, die sie mitgebracht hatte, und die Vertrautheit ihres alten Zimmers genießen.

David war durch die lange Fahrt unruhig geworden. Sie konnte es ihm nicht verübeln, Fünfjährige und eine Autofahrt durch drei Staaten, darunter einem so großen wie Texas, waren nie eine gute Kombination. Die letzten sechzig Kilometer war er ihr auf die Nerven gegangen. Sie liebte ihren Jungen mehr als ihr eigenes Leben, aber sie würde nie wieder eine lange Autofahrt mit ihm machen. Nun ja, vielleicht wieder, wenn er fünfunddreißig war.

„Biiiiiiitteee." David blinzelte seine Mutter an.

Okay, vielleicht würde ihnen beiden eine weitere kurze Pause guttun. Sie fuhr auf einen freien Parkplatz. Da die meisten Kinder in der Schule waren, hatten sie den Park praktisch für sich allein. Kaum hatte sie angehalten, war David schon aus der Hintertür gesprungen und sprintete über den Rasen. Direkt auf das Klettergerüst zu. Das wirklich hohe Klettergerüst.

Sie schloss die Augen und betete, dass ihr wilder Sohn nicht mit einem gebrochenen Arm in der Notaufnahme landete. Dann öffnete sie die Augen und sah sich auf dem Spielplatz um, den es noch nicht gegeben hatte, als sie Tuckers Bluff vor Jahren verlassen hatte.

So viel hatte sich verändert, seit sie weggelaufen war, um Ed zu heiraten, aber ein paar Dinge waren noch so, wie damals, als sie die Stadt verlassen hatte. Das Café hatte sich kein bisschen verändert, obwohl ihre Mutter ihr erzählt hatte, dass Abbie, die Besitzerin, einen Farraday geheiratet hatte – einen der vielen Cousins, mit denen sie in den Sommermonaten in der Stadt und auf der Ranch herumgezogen war, als sie noch Kinder waren. Und natürlich die *Sisters* Boutique. So viele Städte hatten ihre Einkaufsmöglichkeiten auf der Main Street an große Kaufhäuser verloren. Es brachte sie zum Lächeln, zu sehen, dass Tuckers Bluff immer noch ein florierendes Geschäftsviertel hatte. Die Vertrautheit verdrängte die Anspannung, die für sie zu einem Teil ihres Lebens geworden war. Und da war das Cut'N'Curl. Polly war so freundlich, sie als Teilzeit-Shampoo-Mädchen einzustellen. Es war nicht viel, aber jede Arbeit war ein Segen. Es wäre ihr lieber gewesen, wenn ihre Heimkehr etwas Triumphales gehabt hätte, anstatt geschieden und mit eingezogenem Schwanz nach Hause schleichen zu müssen. Aber sie war immerhin zu Hause. Das war das Wichtigste. Sie hatte sich endlich von Ed Morton befreit.

„Schau, Mommy, freihändig."

Sie blickte auf und zwang sich zu einem Lächeln. Gab es in Tuckers Bluff überhaupt eine Notaufnahme? „Sei vorsichtig. Ich rufe Oma an und sage ihr, dass wir in der Nähe sind." Sie holte ihr Handy heraus und wählte die Nummer ihrer Mutter.

„Sandra. Hey. Ich dachte, du wolltest schon hier sein."

„Wir haben ein paar Stopps mehr gemacht, als ich eingeplant hatte, aber das ist nun mal ein Roadtrip mit einem unruhigen Jungen. Wir sind in einem schönen kleinen Park in der Stadt. Wir werden nicht zu lange bleiben. Ich denke, wir sollten in einer Stunde zu Hause sein. Vermutlich ist es am besten, David etwas von seiner angestauten Energie abbauen zu lassen."

„Gute Idee. Das ist wahrscheinlich, was er braucht. Er war stundenlang eingepfercht in deinem Auto und zu lange in dieser winzigen Wohnung."

Ihr Mann – Ex-Mann – hatte auf einer schicken, modernen Wohnung bestanden, als wären sie ein frischverliebtes Pärchen und keine Familie mit einem Jungen, der frische Luft und Platz brauchte. Zumindest würde er das jetzt haben. „Danke, Mom."

„Hab dich lieb, Baby, und lass ihn ruhig toben." Ihre Mutter kicherte. „Das machen richtige Jungs nun mal."

Warum ihre Mutter dachte, sie wüsste irgendetwas über die Erziehung von Jungen, war Sandra ein Rätsel. Sie war selbst ein Einzelkind gewesen. Etwas, das sie für ihren Sohn nicht gewollt hatte, aber jetzt sah es so aus, als würde sich die Geschichte wiederholen. Nicht, dass sie von einer alleinerziehenden Mutter großgezogen worden wäre. Ihr Vater war der Beste gewesen. Er hatte ihr sein ganzes Leben lang das Gefühl gegeben, seine Prinzessin zu sein. Das war einer der schwierigsten Aspekte gewesen, als sie mit Ed weggezogen war. Ihr Vater hatte ihnen widerwillig eine Hochzeit organisiert, Ed aber klar gemacht, dass er ihn nicht guthieß. Beim erstbesten Vorwand hatte Ed sie nach Chicago geschleppt und sie nicht einmal zur Beerdigung ihres Vaters nach Hause kommen lassen. Sie hätte wirklich auf ihren Vater hören sollen. Aber dann hätte sie jetzt nicht ihren kleinen David. Sie blickte lächelnd zu ihrem Sohn hinüber, der jetzt so hoch schaukelte, dass sie sich fragte, ob die Metallbeine der Schaukel nicht gleich aus dem Boden gerissen werden würden. *Jungs.*

Als sie zum Sisters hinübersah, ging ihr eine Liste mit Dingen durch den Kopf, die sie brauchen würde. Sie würde David bei ihrer Mutter absetzen, damit er etwas von seiner Großmutter verhätschelt werden konnte, und dann zum Sisters laufen. Ihr Blick wanderte zurück zu ihrem Sohn. Oh, wie sehr sie diesen Jungen liebte. „Daddy, es tut mir leid, dass du deinen Enkel nicht aufwachsen siehst", flüsterte sie. So viele Dinge taten ihr leid.

KAPITEL ZWEI

Da David nun sicher bei ihrer Mutter war, wo er wahrscheinlich zu viele Kekse aß und zu viel Kakao trank, hatte Sandra Zeit zum Einkaufen. Sie parkte vor dem Sisters, von dem sie überhaupt nicht überrascht war, dass es noch existierte. Die beiden Schwestern, Sissy und Sister, eine groß, eine klein, eine blond, eine rothaarig – zumindest waren sie das, als sie die Stadt verlassen hatte –, gehörten so sehr zum Stadtbild, dass ohne sie einfach nichts dasselbe wäre.

Eine Glocke über der Tür klingelte, als Sandra sie öffnete. Der Geruch des Ortes weckte Erinnerungen daran, wie sie mit ihrer Mutter Schulkleidung, Geburtstagsgeschenke, Weihnachtsgeschenke und so ziemlich alles andere eingekauft hatte, was nicht einen Besuch im Baumarkt bedurfte. Es hatte sich so wenig verändert, dass die Kleiderständer wahrscheinlich noch dieselben wie in ihrer Kindheit waren.

„Willkommen im Sisters. Ich bin Sissy. Was kann ich dir bringen?"

Sissy hatte sich nicht verändert. Sie war immer noch groß und schlank und rothaarig.

„Du kommst mir bekannt vor." Sissy legte den Kopf schief. „Ich vergesse kein Gesicht."

Konnte sie sich wirklich an Sandra erinnern? Oder war das ein Verkaufstrick? Natürlich sollte sich die Frau an sie erinnern, die paar Jahre und die paar Pfunde hatten sie nicht so sehr verändert. Wann war sie so zynisch geworden? Ach ja. Sie war weggelaufen, um ihren Märchenprinzen zu heiraten und war bei Mr. Hyde gelandet. Sie hatte sich geschieden und war zynisch geworden. „Ich bin in Tuckers Bluff aufgewachsen. Dann bin ich weggezogen, als ich geheiratet habe."

„Sandra Lynn, bist du das?" Sister, ihre blonde Beehive-Frisur so groß wie immer, kam hinter den Vorhängen der Umkleidekabine hervor. „Ich würde dieses Gesicht überall erkennen."

Sissys Augen leuchteten auf. „Das stimmt. Deine Mutter war Anfang der Woche hier. Sie war so aufgeregt, dich und ihren Enkel wieder unter ihrem Dach zu haben, dass sie wie ein überlaufendes Glas Champagner gesprudelt hat."

„Was kann ich dir heute bringen?", fragte die andere Schwester mit einem breiten Lächeln.

Oh, wie sehr hatte sie all die lächelnden Gesichter vermisst. In großen Städten stampften die Leute nur an einem vorbei, schlugen einem die Tür vor der Nase zu und sahen einen verrückt an, wenn man lächelte. Sandra hatte lange gebraucht, um sich daran zu gewöhnen, Fremde nicht anzulächeln. Bei der Erwähnung jedes Artikels auf ihrer Liste wuselten die beiden Schwestern herum und holten, was sie wollte. Gelegentlich hielten sie ein paar Artikel hoch, damit sie sie auswählen konnte. Einen besseren Kundenservice als hier gab es nicht.

Während sie ihre Einkäufe einpackte, blickte Sissy auf. „Denkst du daran, eine Weile zu bleiben?"

„Nicht nur eine Weile." Als sie der Enge dieser Kleinstadt entflohen war, hatte sie gedacht, sie würde nie zurückblicken. Jetzt konnte sie es kaum erwarten, sich hier niederzulassen und sich und ihrem Sohn ein Leben aufzubauen. Ein gutes Leben. Auch wenn ein kleiner Teil von ihr immer noch auf das Märchen hoffte.

„Wie schön." Das Lächeln von Sister wurde breiter. „Ich weiß, dass deine Mama dich vermisst hat."

Sandra wusste das bereits. Ihre Mutter hatte sie seit Davids Geburt gedrängt, nach Hause zu kommen, und seit dem Tod ihres Vaters noch mehr. Als sie endlich den Mut gefunden hatte, eine immer schlimmer werdende Ehe hinter sich zu lassen, hatte es keinen Grund mehr gegeben, nein zu sagen. „Jetzt bin ich hier."

„Sie wird so viel Spaß daran haben, ihr Enkelkind zu verwöhnen."

Sandra verkniff sich eine Grimasse. „Ja, ich weiß."

„Ich wünsche dir einen schönen Tag." Sissy reichte ihr die Tüte mit all ihren Einkäufen. „Und sag deiner Mama, wie glücklich wir sind, dich und deinen Jungen wieder zu Hause zu haben, wo ihr hingehört."

Wo sie hingehörte. Es gab einmal eine Zeit, in der sie es kaum erwarten konnte, aus der Enge der Kleinstadt herauszukommen und die Welt zu sehen. Sie hoffte wirklich, dass nach Hause zu kommen kein größerer Fehler war als wegzugehen. Doch so schwer es auch war, es zuzugeben, sie hatte keine andere Wahl gehabt. „Danke." Sandra verstaute die Tasche auf dem Rücksitz ihres Autos und kletterte auf den Fahrersitz. Sie nahm sich einen Moment Zeit, um das warme Gefühl ihrer Begegnung mit den Schwestern noch etwas zu genießen. Ja, jeder wusste hier alles über einen, aber sie musste sich daran erinnern, dass dies nur daran lag, dass sich alle sorgten. Sie schauderte angesichts der Herausforderungen der geschäftigen Stadt, in der sie ihren Sohn großgezogen hatte. Nach Hause zu kommen, mochte schwierig sein, aber dort zu bleiben wäre schlimmer gewesen. Hier konnte ihr Sohn atmen und seine Kindheit genießen. Und bei ihrer Mutter zu leben, würde ihr die Zeit geben, die sie brauchte, um auf die Beine zu kommen und etwas Geld zu sparen. Im großen Garten ihrer Mutter könnten sie vielleicht das Baumhaus bauen, von dem David immer sprach. Nicht, dass sie wusste, wie man das machte, aber dafür gab es YouTube-Videos.

Genug des Herumtrödelns, sie steckte den Schlüssel ins Zündschloss, aber statt des lauten Summens, das sie erwartet hatte, war kein Ton zu hören. „Nein. Nein." Sie drehte den Schlüssel erneut. „Du darfst jetzt nicht sterben."

Das Letzte, was sie sich in diesem Stadium ihres Lebens leisten konnte, waren Autoreparaturkosten. Sie versuchte es erneut, als hätten die ersten beiden Versuche nicht gezählt. Ihr Herz pochte und sie legte den Kopf auf das Lenkrad. „Wirklich, Auto? Du hättest nur noch ein paar Meilen durchhalten müssen."

Eine tiefe Stimme drang durch das offene Fenster in ihr Auto. „Gibt es ein Problem, Miss?"

Miss. Sandra blickte in die grünsten Augen, die sie je gesehen hatte. Nein, sie hatte diese Augen schon einmal gesehen. Vor sehr, sehr langer Zeit. Damals, als sie noch an Träume und Prinzen und Glücklich bis an ihr Lebensende geglaubt hatte.

Paxton erkannte eine Frau in Not, wenn er sie sah. Er konnte auch nicht widerstehen, einer zu helfen. Das war der Grund, aus dem er jetzt unter der Motorhaube eines Autos hing, das schon vor Meilen hätte den Geist aufgeben sollen. Wasser- und Ölstand und wer weiß, was noch, waren niedrig. Das Auto musste mit Liebe laufen, denn es lief ganz sicher mit nichts anderem. „Neu in der Stadt?", plauderte Paxton, während er an ein paar Kabeln zog.

„Mehr oder weniger. Wir sind schon seit Tagen unterwegs. Ich hätte gehofft, es würde noch ein paar Tage durchhalten. Weißt du, was nicht stimmt?"

Paxton kannte sich mit Motoren einigermaßen gut aus, aber er sah keine einfache Lösung. „Vielleicht ist es der Anlasser. Du solltest Ned anrufen. Wenn jemand dieses alte Mädchen wieder zum Laufen bringt, dann er. Ich kann ihn anrufen, wenn du möchtest. Es sei denn, du hast jemand anderen, der dir helfen kann?"

Sie schüttelte den Kopf.

„Gib mir eine Minute."

„Ist Ned sehr teuer?" Ihr Gesichtsausdruck verriet ihm, dass dies nicht ihre erste Begegnung mit harten Zeiten war.

Wie sollte er darauf antworten? „Kommt darauf an. Anlasser können zwischen fünfhundert und tausend Dollar kosten."

Für einen Moment sah sie aus, als würde sie gleich weinen. „Ich sollte es verkaufen. Ich kann in der Stadt fast alles zu Fuß erreichen." Sie nickte in Richtung des Autos und murmelte: „Ich muss es verkaufen."

„Natürlich könnte es auch etwas anderes sein." Als er sah, wie sie darum kämpfte, die Fassung zu bewahren, drehte sich ihm unerwartet der Magen um, und er merkte, dass er die Lage dieser Fremden irgendwie verbessern musste. „Vielleicht gibt es eine billige Lösung."

Wieder nickte sie und knabberte an ihrer Unterlippe. Die Geste kam ihr seltsam bekannt vor.

„Ned sagte, er würde in Kürze hier sein." Paxton beendete den Anruf und tippte seinen Hut an. „Ich bin übrigens Paxton. Ich würde gerne warten und dich nach Hause bringen, wenn du eine Mitfahrgelegenheit brauchst."

„Hi. Ich bin Sandra." Ein unerwartetes Grinsen umspielte für einen kurzen Moment ihre Mundwinkel.

„Und nichts für ungut, aber ich hoffe, Ned kann Betsy mit einer Drehung seines Schraubenziehers oder vielleicht einem Tritt gegen die Reifen wieder zum Leben erwecken.“

Er verwarf den Kommentar mit dem Tritt gegen die Reifen und seine Gedanken blieben bei Betsy hängen. Sie hatte ihrem Auto einen Namen gegeben. Wie süß war das denn. Erneut lächelte die Frau kurz. Er konnte nicht aufhören, daran zu denken, dass sie ihm irgendwie vertraut vorkam. Aber wenn sie neu in der Stadt war, konnte er sie unmöglich kennen.

„Ich glaube, dieses Auto hat so viele Kilometer auf dem Tacho, wie es nur geht, aber Ned kann in seiner Werkstatt Wunder vollbringen.“

Sie stand dem Auto gegenüber und murmelte vor sich hin, gerade laut genug, dass er es hören konnte: „Ein Wunder wäre schön“, dann holte sie ihr Handy heraus und runzelte die Stirn.

„Was ist los?“

„Es ist tot.“

Paxton holte seines aus der Gesäßtasche. „Wenn du jemanden anrufen willst, kannst du meinen benutzen.“

Sie schüttelte den Kopf. „Das ist okay.“

Wie Ned versprochen hatte, kam er mit seinem Abschleppwagen vorbei – nur für den Fall. Fünf Minuten später schüttelte er den Kopf und koppelte ihr Auto an. Paxton konnte ihr Gespräch nicht hören, aber an der Art, wie Sandra ihre Finger zusammenpresste und an ihrer Unterlippe knabberte, erkannte er, dass ihr nicht gefiel, was auch immer Ned zu sagen hatte.

Nachdem Ned in den Abschleppwagen gestiegen war, kam Sandra auf ihn zu. „Wenn das Angebot für die Mitfahrgelegenheit noch besteht ...“

„Wäre mir ein Vergnügen.“ Er hielt ihr die Tür auf, während Sandra in seinen Wagen stieg. Sie gab ihm eine Adresse am Ende der Stadt. Als er in die Einfahrt einbog, musterte er das alte viktorianische Haus. „Häuser wie dieses werden heute nicht mehr gebaut."

„Es gehört meiner Mutter."

Ein kleiner Junge kam die Vordertreppe heruntergerannt. „Mommy, Mommy, sieh mal, was Oma mir geschenkt hat!" Voller Freude schwenkte der kleine Junge ein Papierflugzeug, als wäre es ein Privatjet.

„Wie schön." Seine Mutter beugte sich vor, um das Spielzeug zu bewundern. „Geh und sag Oma, dass ich da bin."

Während er ihre Einkäufe aus seinem Wagen holte, verspürte Paxton einen unerwarteten Stich der Enttäuschung. Wo ein Sohn war, war auch ein Vater, und das machte dieses süße Rätsel für ihn tabu.

„Sandra Lynn", rief eine Stimme aus dem Inneren des Hauses.

Sandra Lynn? Die Zahnrädchen in seinem Gehirn liefen auf Hochtouren.

„Da bist du ja." Eine Frau, deren Gesicht fast so vertraut schien wie das von Sandra, kam eilig aus dem Haus. „Sandra Lynn, du weißt wirklich, wie man einer Mutter Sorgen bereitet."

Meine Güte. Kein Wunder, dass diese Gesichter vertraut wirkten. „Sandra Lynn Baker?", murmelte er leise.

„Ja." Zum ersten Mal, seit er sie über ihr Lenkrad gebeugt vorgefunden hatte, erblühte ein aufrichtiges Lächeln auf ihrem Gesicht. „Ich dachte nicht, dass du mich erkennst."

„Tut mir leid, dass es so lange gedauert hat."

„Ich bin diejenige, die sich entschuldigen sollte. Du warst im Nachteil. Du hast immer noch dasselbe Gesicht. Ich hingegen sehe ohne lange Haare und Zahnspange ganz anders aus."

Ja, die Zahnspange war weg, ihre Figur war offensichtlich voller geworden und ihr schulterlanges Haar, das ihr Gesicht umrahmte, war mindestens einen Fuß kürzer als der Pferdeschwanz, der immer über ihren Rücken gebaumelt war. Doch diese stahlblauen Augen, die hohen Wangenknochen und das süße Lächeln waren immer noch wie damals.

Sie streckte ihre Hand aus. „Schön, dich wiederzusehen, und danke für die Hilfe. Ich weiß das wirklich zu schätzen."

„Welcher Farraday bist du?" Lächelnd blinzelte die ältere Frau ihn an.

„Mom, das ist Paxton. Er hat mich nach Hause gebracht. Mein Auto hat vor dem Sisters den Geist aufgegeben. Er war so nett, mich zu retten."

Sie schlug die Hände zusammen und das Grinsen der Frau wurde breiter. „Nun, dann vielen Dank, Paxton Farraday. Ich habe gerade frische Kekse aus dem Ofen geholt. Willst du nicht reinkommen?"

Paxton fasste sich an den Hut. „Tut mir leid, Ma'am. Ich muss mich um ein paar Geschäfte kümmern, aber gerne ein andermal?"

„Jederzeit."

„Ich gehe auch besser rein. Mal sehen, was David treibt." Sandra streckte ihm die Hand entgegen. „Nochmals danke."

Er nickte ihr zu und wünschte sich, er müsste sie nicht loslassen und Owen suchen. „Gerne. Wenn du sonst noch etwas brauchst, lass es mich wissen." Nur weil sie verheiratet war, hieß das nicht, dass er einer alten Freundin in Not nicht helfen konnte. Er zog blitzschnell eine Visitenkarte hervor und reichte sie ihr.

Ihr Blick verweilte auf der Karte, bevor sich traurige Augen hoben und in seine blickten. „Danke."

Paxton wandte sich ab und eilte zu seinem Wagen zurück. Er fragte sich, was es mit Sandra Lynn und diesen traurigen Augen auf sich hatte. Und warum wünschte er sich in diesem Moment mehr als alles andere, dass er etwas tun könnte, um ihr ihr früheres Lächeln wieder ins Gesicht zu zaubern?

KAPITEL DREI

„**M**eine Güte, dieser Paxton Farraday ist wirklich groß geworden." Sandras Mutter holte das Backblech aus dem Ofen.

Sandra fand auch, dass der Mann ganz schön gewachsen war. Diese Augen waren dieselben, aber jetzt schienen sie Weisheit und etwas Humor zu enthalten. Was hatten diese Augen gesehen, seit sie Kinder gewesen waren? Als sie ihn erkannt hatte, war sie versucht gewesen zu fragen, warum seine Familie vor all den Jahren aufgehört hatte, zu Besuch zu kommen. Die ersten paar Sommer ohne die Oklahoma-Farradays hatten sich seltsam angefühlt. Ohne ihn und seine Brüder war die Welt nicht mehr dieselbe gewesen. Ja, sie hatte immer noch mit Grace gespielt und war mit den anderen Farraday-Jungs Frösche im Bach jagen gegangen, aber es hatte ihr gefehlt, mit ihrem Freund zu lachen und zu scherzen. Doch schließlich war das Leben, wie alles andere auf der Welt, weitergegangen und die Veränderungen waren zur neuen Normalität geworden.

Sandra stellte die Einkaufstüten auf den Tisch und packte ihre Einkäufe aus, während David im Hinterhof herumlief und mit seinem neuen Flugzeug spielte. Sie würde sich daran gewöhnen müssen, ihm mehr Freiheit zu lassen, aber vorerst konnte sie ihn durch das große Fenster über der Spüle im Auge behalten.

Ihre Mutter werkelte in der Küche herum. „Er ist

ein guter Junge. Weißt du, dass er im Fernsehen ist?"

„Fernsehen?" Ihr Blick huschte zu David nach draußen. „Wovon redest du?"

„Paxton. Er hat eine Fernsehshow."

Paxton war Schauspieler? Obwohl das irgendwie nicht ins Bild passte, fragte sie sich, warum ihre Mutter das nicht schon früher erwähnt hatte. Oder vielleicht hatte sie es doch, und Sandra hatte es zum einen Ohr hinein- und zum anderen wieder hinausgelassen. Manchmal faselte ihre Mutter über Leute, die Sandra nie kennengelernt hatte, oder die nach ihrem Umzug in die Stadt gezogen waren. Andererseits hätte sie sich dafür interessiert, wie es Paxton erging. Alle Farradays waren nett. In ihrer Kindheit mit der Großfamilie zu spielen, war ein Riesenspaß gewesen. Sie hatte sich immer gewünscht, aus einer großen Familie zu kommen. Hatte gehofft, eines Tages selbst eine große Familie zu haben. So viel zu ihren Träumen. Aber von allen Farraday-Jungs war Paxton derjenige gewesen, zu dem sie die größte Bindung aufgebaut hatte, derjenige, der sie immer zum Lächeln gebracht hatte. Sie hatten zusammen gespielt, seit sie so alt war wie David. Wenn die älteren Jungs Kühe umgeschubst oder sonstigen Blödsinn angestellt hatten, waren sie im Bach fischen gewesen. Es hatte eine Weile gedauert, bis sie die Würmer nicht mehr eklig gefunden hatte, aber sie war für die Ruhe am Angelplatz mehr zu begeistern gewesen als Grace oder Hannah, weshalb sie Paxtons Angelkumpanin geworden war. Sie hatte ihre gemeinsame Zeit wirklich so sehr vermisst, als sie nicht mehr aus Oklahoma zu Besuch gekommen waren.

„Er ist mit seinen Brüdern in einer Sendung namens *Construction Cousins*. Ich habe jede Folge gesehen. Die Sendung ist sehr beliebt. Sie renovieren die alte Geisterstadt Sadieville. Erinnerst du dich?"

Irgendwo in ihrem Hinterkopf schien sie sich daran

zu erinnern, wie ihr Vater sie an einigen alten Gebäuden vorbeigeführt hatte, die wie aus einem Western ausgesehen hatten, aber sie könnte nicht schwören, wo das gewesen war.

„Jedenfalls bauen sie dort auch Wohnungen, und das trägt dazu bei, dass Tuckers Bluff bekannt wird." Der Stolz in der Stimme ihrer Mutter war unverkennbar.

Sandra nickte. „Ich werde hier aufräumen und dann unsere Taschen und Sachen in mein Zimmer bringen. Ich denke, wir bringen David im Schlafzimmer neben meinem unter."

Ihre Mutter wandte den Blick ab und murmelte: „Also, diesbezüglich."

Sandra drehte sich um und sah sie an. „Diesbezüglich?"

„Bezüglich deines Zimmers."

Das war nicht das erste Mal, dass sie diesen Gesichtsausdruck ihrer Mutter sah. Wenn ihre Mutter so aussah, wusste Sandra, dass sie gleich etwas sagen würde, was ihr nicht gefiel.

„Also, dein Zimmer ist im Moment nicht verfügbar."

„Oh." Es war dumm von ihr gewesen zu glauben, ihre Mutter hätte ihr Zimmer so belassen, wie es gewesen war. „Ich schätze, David und ich können uns das andere Zimmer teilen."

„Nun ja." Ihre Mutter senkte den Blick. „Ich musste beide irgendwie vermieten."

Sandra blinzelte. „Was?"

Ihre Mutter wischte sich die Hände an ihrer Schürze ab. „Ich musste."

Jemand anderes schlief in ihrem Zimmer? Ein Fremder? „Warum? Ich dachte, du und Dad, ihr wärt versorgt, nachdem ihr das Ranchhaus verkauft und in ein günstigeres Haus in der Stadt gezogen seid."

Ihre Mutter runzelte die Stirn und lehnte sich an die Theke hinter ihr. „Ja und nein. Ja, es ist erschwinglicher, aber wir haben nicht so viel für die Ranch bekommen, wie wir dich hatten glauben lassen. Auf diesem Haus ist eine hohe Hypothek und ohne Dads Einkommen … Nun ja, ich habe nie etwas anderes gelernt, als den Haushalt zu führen. Ich kam einfach nicht hinterher. Neue Dächer sind nicht billig und wir brauchen eines. Dann sind da noch die normalen Ausgaben und Reparaturen. Es kostet viel, dieses große alte Haus zu heizen und zu kühlen."

„Oh, Mom." Ihre Mutter hatte ihre finanziellen Probleme nie erwähnt. Obwohl sie nie wirklich viel hatte, während sie mit Ed verheiratet war, hätte sie trotzdem versucht zu helfen, aber jetzt war ihr Geld knapper als je zuvor, und ihr erster Gehaltsscheck würde nicht viel helfen. „Warum hast du mir nichts gesagt?"

„Zuerst sah ich keinen Grund, dich zu beunruhigen, aber als du dich dann von Ed scheiden ließest und davon sprachst, für eine Weile nach Hause zu kommen, hatte ich Angst, dass du nicht zurückkommen würdest, wenn ich etwas sage."

„Mom. Es tut mir leid. Du hättest etwas sagen sollen."

Ihre Mutter winkte ab. „Es ist alles in Ordnung. Ich komme klar."

„Trotzdem hätte ich vielleicht etwas tun können."

„Du hattest deine eigenen Probleme."

Das war eine Untertreibung. Wäre sie nicht zu stolz gewesen, hätte sie sich eingestanden, dass sie von Anfang an geahnt hatte, dass es ein Fehler gewesen war, Ed zu heiraten. Zumindest war sie jetzt wieder zu Hause unter dem Dach ihrer Mutter. Gemeinsam könnten sie das in Ordnung bringen. „Wo schlafen David und ich?"

„Ich habe schon ein Beistellbett für David in mein Zimmer gestellt. Du und ich teilen uns das Doppelbett.“

„Sieht so aus, als wären wir Zimmergenossinnen.“ Es könnte viel schlimmer sein. Zumindest hatte sie eine Familie, die sie liebte, ein Dach über dem Kopf und – sie tippte auf die Karte in ihrer Tasche – einen neuen alten Freund. Vielleicht.

Paxton war mehr als frustriert über seinen Bruder. Owen hatte mit Jamison aufgeräumt und war früh zur Ranch zurückgekehrt. Die Fahrt in die Stadt, um seinen Bruder aufzuspüren, war reine Zeitverschwendung gewesen. Bis auf die Tatsache, dass er Sandra Lynn begegnet war. Trotzdem war er im Moment darüber verärgert, dass Owen den Rest der Familie außenvorgelassen hatte. „Weißt du noch, wie man ein Handy benutzt?“

„Ja, aber Mom hat mein Telefon gesprengt. Du weißt, wie sehr sie uns nach Oklahoma zurückholen will. Sie glaubt, wenn sie mich zermürbt, zermürbe ich euch. Es tut mir leid, ich habe es einfach vergessen.“

Quinn blinzelte seinen Bruder an. Der Mann sagte kein Wort, aber seine Augen sprachen Bände.

„Du hast es vergessen?“ Paxton starrte seinen Zwilling wütend an.

„Aber, aber.“ Tante Eileen wedelte mit einem Pfannenwender vor den drei Neffen herum, die in der Küche herumliefen und beim Vorbereiten des Abendessens halfen. „Jeder darf hier und da mal einen kleinen Fehler machen.“

„Klein? Es ist ja nicht so, als hätte er vergessen, Eier im Supermarkt zu kaufen.“ Paxton seufzte. Aber seine Tante hatte irgendwie recht. Es sah seinem Bruder nicht ähnlich, ihnen ohne Vorwarnung etwas so Großes aufzuhalsen. Owen wusste besser als jeder andere, wie sehr sie mit Projekten vor und hinter der Kamera beschäftigt waren, seit die Show sie beliebter denn je gemacht hatte. „Wenn wir wenigstens eine E-Mail darüber bekommen hätten, wäre ich besser vorbereitet gewesen, als Valerie es angesprochen hat."

Quinn schüttelte den Kopf. „Du liest E-Mails genauso wenig wie Memos, egal, wer sie schickt."

Paxton zuckte mit den Achseln. „Vielleicht, aber es wäre etwas gewesen, das uns davor bewahrt hätte, wie Idioten dazustehen."

„Niemand hält euch für Idioten." Tante Eileen schüttelte den Kopf und lächelte sie an. „Für hübsch ja, für Idioten nein."

„Ist er immer noch verärgert wegen des neuen Projekts für das Haus?" Morgan kam in die Küche und küsste seine Tante auf die Wange.

„Du hast davon gehört?" Paxton wandte seine Aufmerksamkeit von Owen seinem anderen Bruder zu.

„Die ganze Familie weiß es inzwischen." Morgans Frau kam hinter ihrem Mann herein. „Das nächste Mal werde ich sicherstellen, dass ich mich bei allen erkundige, wenn wir größere Änderungen an der Planung vornehmen."

Sie warf Paxton ein süßes beschwichtigendes Lächeln zu, bevor sie ihren Mann voller Bewunderung ansah. Es war unmöglich für Paxton, jemandem böse zu bleiben, der seinen Bruder so glücklich machte.

„Der Stadtrat ist auch begeistert", erklärte Valerie. „Meistens gehen diese Häuser an Alleinerziehende oder verletzte Veteranen. Es ist alles für einen wirklich guten Zweck."

Seine Schwägerin musste ihm das nicht erklären. Er wusste es. Seine Familie hatte ihm diese Philosophie seit seiner Kindheit eingetrichtert: Von denen, denen viel gegeben wird, wird viel erwartet. Selbst als es knapp wurde und die Ranch zu Hause vor der Pleite stand, opferten sie immer noch ihre Zeit und ihre Talente.

Tante Eileen scheuchte alle ins Esszimmer und gab jedem ein Gericht zum Tragen. „Hast du gehört, dass Sandra Lynn Baker wieder in der Stadt ist?"

„Tatsächlich", Paxton hielt seiner Tante den Stuhl hin, „habe ich sie vorhin nach Hause gefahren."

„Wirklich?" Seine Tante sah ihn mit großer Neugier in den Augen an.

„Sie war in der Innenstadt. Ihr Auto sprang nicht an. Ich habe Ned für sie angerufen. Aber zuerst habe ich sie nicht erkannt."

„Ihre Mutter lebt in diesem riesigen viktorianischen Haus am Stadtrand", warf Onkel Sean ein.

„Ja. Da habe ich sie abgesetzt. Ich war überrascht. Sie hat früher hier draußen gewohnt."

Seine Tante nickte. „Sie haben das Ranchhaus verkauft und sind in die Stadt gezogen, als Sandra Lynn auf die High School kam. Irgendwie war es für sie einfacher, in der Stadt zu sein, als isoliert hier draußen. Aber ich dachte immer, da steckt noch mehr dahinter. Als ihr Vater starb und Alice anfing, Untermieter aufzunehmen, war ich ein bisschen traurig, als ich herausfand, dass meine Vermutungen richtig gewesen waren."

„Also", Quinn häufte sich Kartoffelpüree auf seinen Teller und reichte den Topf nach rechts, „wo hast du uns da reingezogen?"

Morgan und Owen klärten ihn über das Grundstück am Rande der Stadt auf und darüber, dass sie auf dem alten Pfeiler- und Balkenfundament aufbauen würden, um die Sache einfacher und billiger zu machen. Doch das meiste, was seine Brüder sprachen, ging an Paxton vorbei. Seine Gedanken waren bei Sandra Lynn, ihrem kaputten Auto, ihren traurigen Augen und der Frage, wo ihr Mann war?

KAPITEL VIER

„Wenigstens haben wir ein intaktes Fundament." Neil deutete auf die Rückseite des Gebäudes. „Dieser Teil des Hauses hat nicht so viel Schaden genommen wie die Vorderseite, wo die Küche war, also werden wir einige der Außenwände retten können. Das wird Zeit sparen." Neil, der Architekt in der Familie, breitete seine ersten Zeichnungen auf dem provisorischen Sperrholz-Arbeitstisch aus.

Paxton sah sich auf dem Gelände des größtenteils bis auf die Grundmauern niedergebrannten Hauses um. Zumindest sah er einen positiven Aspekt für seine Arbeit. Das Unterpflügen der Aschehaufen, die das ehemalige Haus umgaben, würden einen guten organischen Dünger für den miserablen Lehmboden darstellen, der in Texas als Erde durchging.

„Das Pfeiler- und Balkenfundament machen die Umgestaltung viel einfacher, ganz zu schweigen davon, dass wir dadurch auch Geld sparen." Owen blickte sich um.

Paxton sah sich die Zeichnungen und dann das vorhandene Fundament an. „Gleiche Grundfläche wie dieses Fundament? Wie viele Quadratmeter?"

Neil blickte zu ihm auf. „Immer noch Hundertzwanzig, aber viel effizienter aufgeteilt. Wie du siehst, habe ich eine Garage mit Hauszugang eingeplant. Das ursprüngliche Haus hatte keine. Familien wollen ihre

Lebensmittel oder Kinder nicht in der Hitze oder im Regen ausladen.“

Paxton konnte dem nur zustimmen. „Gut, dass es trotz der Einfahrt und der Garage einen großen Garten gibt.“ Als er sich die Pläne seines Bruders ansah, konnte er sich vorstellen, wie das Haus aussehen könnte. Schon jetzt schwirrten ihm Ideen für die Pflanzen im Garten durch den Kopf.

Ein Auto fuhr in die Einfahrt.

„Grace hat versprochen, uns das Mittagessen vorbeizubringen“, sagte Owen, ohne aufzusehen. „So verlieren wir keine Zeit. Es gibt viel zu tun und einen wahnsinnig engen Zeitplan.“

„Je mehr, desto besser.“ Paxton kicherte. „Glaubst du, sie kann gut mit einem Hammer umgehen?“

„Sie ist Anwältin.“ Neil runzelte die Stirn.

„Hey, ich bin Landschaftsgärtner, aber ich weiß auch, wie man eine Bohrmaschine benutzt und eine Kuh melkt. Was willst du also damit sagen?“

Kopfschüttelnd verdrehte Neil die Augen und zeigte auf die noch stehenden Wände. „Alles, was nicht gerettet werden konnte, ist weg. Die Wände hier stehen noch. Strukturell sind sie in Ordnung.“

Das Geräusch von Gelächter und Kichern erfüllte die Luft, als nicht eine, sondern zwei Frauen aus dem Auto stiegen. Paxton richtete sich etwas auf und erkannte beide.

„Hey, Leute. Seht, wen ich beim Verlassen des Cafés vor dem Cut‘N‘Curl getroffen habe. Erinnert ihr euch an Sandra Lynn?“ Grace winkte mit einer der Taschen, die sie trug, in Sandras Richtung.

Owen nickte. „Sandra, schön, dich zu sehen.“

„Ist es nicht toll, dass sie wieder hier ist?“ Grace sah glücklicher aus als ein Kind an Weihnachten.

„Bist du für immer zurück?“, fragte Quinn lächelnd und Paxton musste gegen den absurden Drang ankämpfen, seinem Bruder zu sagen, er solle sich zurückhalten.

Sandra lächelte alle an. „Ich bin für immer zurück. Wir sind bei meiner Mutter eingezogen. Fürs Erste."

Ein süßes Lächeln erschien in ihren Augen und Paxton konnte nicht aufhören, sie anzustarren. Die erste Frau seit Ewigkeiten, die ohne guten Grund seine Aufmerksamkeit erregte, und sie musste verheiratet sein.

Grace legte einen Arm um Sandra. „Es ist zu lange her. Es wird wunderbar sein, meine alte Freundin wieder zu haben. Wir haben so viel nachzuholen."

Neil wandte sich an seine Brüder. „Hat noch jemand Fragen?"

Alle Brüder schüttelten den Kopf. Schließlich konnten sie Baupläne lesen und nichts auf den Zeichnungen war außergewöhnlich.

„Dann bin ich mal weg." Neil machte auf dem Absatz kehrt und warf Sandra einen Blick zu. „Willkommen zurück."

Owen wirbelte herum. „Ich fahre mit dir zurück zu meinem Truck. Ich muss noch ein paar Sachen abholen."

Grace warf einen Blick auf ihre Uhr und ihre Augen weiteten sich. „Mist. Ich habe nicht auf die Zeit geachtet. Ich wünschte, ich könnte bleiben, aber ich habe in zehn Minuten einen Kundentermin. Es tut mir leid, dass ich dich nicht bei deiner Mutter absetzen kann."

„Kein Problem, ich kann von hier aus laufen."

Grace eilte davon, drehte sich aber im letzten Moment um. „Hey, ich habe eine tolle Idee. Warum kommst du nicht zum Abendessen auf die Ranch? Dann können wir uns wirklich unterhalten. Tante Eileen brennt auch darauf, dich zu sehen."

„Das würde ich gern, aber vielleicht ein anderes

Mal. Mein Auto ist noch in der Werkstatt und Mom besteht darauf, dass sie hier in der Stadt kein Auto braucht."

„Kein Problem." Grace sah zu Paxton und Quinn, die nebeneinander standen. „Einer von euch kann sie mitnehmen. Oder?"

„Klar", stimmte Paxton etwas zu schnell zu und erinnerte sich noch einmal im Stillen daran, dass Sandra eine verheiratete Frau war.

„Bring David mit", fügte Grace hinzu, als sie ins Auto stieg. „Es gibt viele Kinder zum Spielen. Ihr könnt jederzeit vorbeikommen."

Sandra winkte Grace zu und blickte dann zu Paxton auf. „Um wie viel Uhr soll ich wieder hier sein, um zur Ranch mitzufahren?"

Er zuckte mit den Achseln. „Wir fangen gleich mit dem Rahmen an. Aber da wir nur einen halben Tag Zeit haben, wird es kein langer Tag."

Ihr Blick huschte zu den Zeichnungen auf dem Holztisch und dann zu dem noch stehenden Fundament.

„Möchtest du sehen, was wir machen werden?"

Sie nickte. „Ja, das wäre schön."

Der erste Gedanke, der ihm in den Kopf schoss, war, dass nichts so schön sein könnte wie sie. Sein zweiter Gedanke war: *Halt dich zurück, Paxton.* Schade, dass ihm sein erster Gedanke besser gefiel.

Als sie heute zu ihrer Morgenschicht ins Cut'N'Curl gegangen war, hatte Sandra nicht damit gerechnet, dass das Schicksal sie mit Paxton allein lassen würde. Sie konnte sich ein Lächeln nicht verkneifen. Auch wenn sie nichts mit einer neuen Beziehung zu tun haben wollte, würde es nicht schaden, die Landschaft zu bewundern. Paxton war groß und breit und so attraktiv, wie texanische Jungs nur sein können.

Sie sah sich um und fragte sich, worum es bei diesem Projekt eigentlich ging. „Ich dachte, Mom hätte gesagt, ihr würdet Sadieville renovieren."

„Das hier ist für einen guten Zweck. Nicht Teil unserer Fernsehsendung." Er legte ihr beinahe die Hand aufs Kreuz, um sie weiterzuschieben, aber deutete dann stattdessen mit dem Arm in Richtung der noch stehenden Mauern.

„Baut ihr oft Häuser für wohltätige Zwecke?"

„Das ist unser erstes Projekt mit dieser Wohltätigkeitsorganisation. Manchmal haben wir zu Hause schon Senioren oder Familien in Not geholfen, aber nichts in diesem Ausmaß."

„Das ist ein tolles Grundstück. Nicht zu weit von der Main Street entfernt, aber doch weit genug, um das Gefühl einer nachbarschaftlichen Wohngegend zu vermitteln. Ich liebe die von Bäumen gesäumte Straße. Findet man nicht oft in West-Texas."

Quinn begann mit der Arbeit am Rahmen, während sie über das unbebaute Fundament wanderten.

„Werdet ihr das nur zu dritt machen?"

„Wir werden alle dabei sein, und für einen Bau dieser Größe und wegen des straffen Zeitplans werden wir einige unserer Angestellten mitbringen, aber bei dieser Wohltätigkeitsorganisation funktioniert es so, dass der zukünftige Hausbesitzer etwas Eigenleistung einbringen muss, indem er beim Bau hilft."

„Heikles Unterfangen", sagte sie.

„Genau." Er deutete mit dem Arm herum. „Jetzt stehen wir in der zukünftigen Küche. Es wird Terrassentüren geben, die in den Hinterhof führen. Hier drüben", er ging einen Schritt zur Seite, „ist der Frühstücksbereich."

„In so vielen Häusern hat man sich für eine Kücheninsel mit Sitzgelegenheiten entschieden und Küchentische abgeschafft. Aber man braucht sie für Hausaufgaben und Projekte, die auf der Insel die Mütter nur beim Kochen stören würden."

„Ja." Er nickte. „Deshalb findet Neil immer einen Weg, sie unterzubringen."

Während Paxton weiterredete, wurde Sandra bewusst, wie perfekt dieses Haus einmal sein würde. Nicht zu groß, nicht zu klein, praktisch, gut gelegen und der begehrte große Hinterhof, von dem sie seit dem Tag seiner Geburt für David geträumt hatte.

„Draußen ist mein Reich." Seine Worte unterbrachen ihre Gedanken.

„Kümmerst du dich um die Landschaftsgestaltung?"

„Ja, aber ich helfe bei Bedarf drinnen mit. Wir alle können mehr als nur unsere Hauptaufgaben. Neil ist der Architekt, aber er schwingt Hammer und Bohrer wie wir anderen."

„Und für wen ist das Haus?"

„Man hat uns nur gesagt, dass es sich um eine bedürftige Familie handelt. Ich weiß, dass es manchmal Veteranen sind, manchmal alleinerziehende Eltern, aber egal für wen, es wird sich lohnen."

Paxton führte sie dorthin, wo Neil die Garage geplant hatte.

„Oh, wow. Eine Garage mit Tür zum Haus ist hier nicht üblich." Die Idee gefiel ihr. Die in diesem Teil des Landes üblicheren Durchgänge waren nicht schlecht, aber eine direkt anliegende Garage war einfach viel besser, wenn man Lebensmittel und Babys unter einen Hut bringen musste. Nicht, dass sie noch mehr Babys bekommen würde, aber trotzdem.

„Wie viel müssen die Familien mithelfen?"

„Wir erwarten nicht, dass sie Bauunternehmer werden."

Sandra nickte. „Was erwartet ihr dann von ihnen?"

„Aufräumen ist hilfreicher, als du denkst. Und einen Hammer kann so ziemlich jeder benutzen. Aber den meisten Leuten kann man auch beibringen, mit kleinen Elektrowerkzeugen umzugehen."

Sie sah zu ihm auf, um zu sehen, ob er scherzte. „Elektrowerkzeuge?"

„Bohrer sind am einfachsten. Wenn sie damit gut zurechtkommen, eine Kappsäge, um Balken zu schneiden." In diesem Moment ertönte das Summen der Säge, als Quinn ein paar Bretter abmaß und zuschnitt.

„Das kann ich mir nicht vorstellen." Wenn jemand zum Nägellackieren oder Augenbrauenwachsen kam, war sie ein Profi. Aber auf einer Baustelle wäre sie nutzlos.

„Es ist nicht schwer. Es braucht nur Übung."

Als Quinn mit dem Schneiden fertig war, versenkte er mit einem Akkuschrauber einige Schrauben, während Sandra den Kopf schüttelte. „Ich habe da meine Zweifel."

Paxton kicherte. „Warte hier."

Sie war sich nicht sicher, was er meinte, und ging ein paar Schritte zurück in die Küche. Oder dem, was einmal die Küche sein sollte. Sie konnte alles so deutlich sehen. Was für ein perfektes Zuhause für jemanden.

„Ich verspreche dir, es ist nicht schwer. Ich zeige dir, wie man mit einer Bohrmaschine eine Schraube versenkt." Paxton erschien mit einem Stück Holz und einer Bohrmaschine in der Hand.

Ihr Herz klopfte. Sie musste sich zurückhalten, ihre Hand an ihre Brust zu legen. Das hatte sicher nichts damit zu tun, dass sie neben Paxton stand, sondern einzig und allein damit, dass Elektrowerkzeuge ihr wirklich nicht geheuer waren. Es war schon lange her, dass sie Schmetterlinge im Bauch hatte. Schmetterlinge, die jedes Mal wilder zu werden schienen, wenn Paxton sie anblickte. Das musste Zufall sein. Es mussten die Elektrowerkzeuge sein. Sie war nicht bereit für mehr als einfache Freundschaft. Außerdem, wie hoch war die Wahrscheinlichkeit, dass jemand, der so süß war wie Paxton, eine Frau wollte, die mit einer Vorgeschichte wie ihrer und noch dazu dem Sohn eines anderen kam?

„Sie ist batteriebetrieben. Wir verwenden keine kabelgebundenen Werkzeuge mehr, weil Kabel durchgeschnitten werden können oder eine Stolperfalle darstellen." Er drückte den Knopf. „So startet sie. Dieser Schalter hier ändert die Drehrichtung."

„Drehrichtung?"

„Ja, abhängig davon, ob du die Schraube festziehst oder löst."

Sie konzentrierte sich auf das Werkzeug und war überrascht, als Paxton kicherte.

„Das ist keine Schlange. Sie wird dich nicht beißen."

Wenn dies ihr Ex-Mann gewesen wäre, hätte sie erwartet, dass das Ding genau das tat. Ed wusste nie, wovon zum Teufel er sprach.

„Die Schraube kommt auf die Spitze. Sie ist magnetisch." Paxton legte die Schraube auf. „Lass mich eine machen und dann gebe ich sie dir."

Auf die Bohrmaschine und das Brett zu schauen war schonender für ihre Nerven als diesen Mann anzusehen.

„Du darfst nicht zu fest drücken, sonst kannst du die Schraube beschädigen. Lass es ganz langsam angehen."

Ganz langsam. Leichter gesagt als getan.

„Jetzt bist du dran."

Die Bohrmaschine war schwerer, als sie gedacht

hatte. Als seine Finger wegglitten, hätte sie sie fast fallen gelassen.

Sie lächelte immer noch, als wäre sie nicht der größte Tollpatsch auf der Welt, und atmete ein, als er seine Hände um ihre legte. „Komm, lass mich helfen."

Sie zwang ihre Finger, nicht zu zittern, setzte eine Schraube auf die Spitze des Bohrers und ließ den Druck seiner Finger den Abzug betätigen. Die Schraube ging direkt ins Holz.

„Siehst du?" Er lächelte und zog sich zurück.

Sie atmete leichter, da er nicht mehr so nah bei ihr stand, aber bedauerte dies im selben Moment auch. Wie verrückt war das?

KAPITEL FÜNF

„**D**ort sind andere Kinder?" Sandras Sohn tanzte vor Aufregung um sie herum, als sie im Badezimmer stand und die letzte Schicht Wimperntusche auftrug.

Normalerweise trug sie nicht viel Make-up, aber ihre Augen sahen immer so müde und ausdruckslos aus, wenn sie nicht wenigstens etwas Wimperntusche und etwas Rouge auftrug. „Ich erwarte von dir, dass du dich vorbildlich benimmst und auf das hörst, was die Erwachsenen dir sagen."

„Können wir gehen?" Man könnte meinen, der Junge sei auf dem Weg zum Nordpol, um den Weihnachtsmann persönlich zu treffen.

„Wir werden in fünf Minuten abgeholt. Zieh dir deine Schuhe an."

Er stürmte aus dem Zimmer. Seine Aufregung wäre ansteckend gewesen, wenn sie nicht schon genauso aufgeregt gewesen wäre, in die Vergangenheit zu reisen, und sei es nur für einen Abend, bei dem auch ihr kleiner Sohn dabei war. Die Abendessen bei den Farradays waren immer eine schöne Zeit gewesen. Gutes Essen und eine Familie, die sich wirklich mochte. Das würde eine gute Erfahrung für David sein. Er musste sehen, wie glücklich verheiratete Menschen und große, liebevolle Familien aussahen. Bis jetzt war sein einziges Beispiel für Ehe und Familie die angespannte, fast schon zerstrittene Beziehung zwischen ihr und seinem Vater gewesen.

Sie legte ihr Make-up beiseite und betrachtete sich im Spiegel. Nicht schlecht für eine Verlorengeglaubte.

„Mom, gerade ist ein Truck in die Einfahrt gefahren." David stürmte aus dem Zimmer und die Treppe hinunter.

Natürlich würde ein Farraday nicht nur pünktlich, sondern überpünktlich eintreffen. Ihr Herz vollführte seinen eigenen kleinen Tanz. Sie legte eine Hand auf ihre Brust und hoffte, dass sich bei den Farradays, wie bei so vielem anderen in dieser alten Stadt, wenig geändert hatte.

Als Sandra die Stufen hinunterging, erspähte sie Paxton, der in der Hocke saß und mit David sprach. Hatte sich ihr Ex jemals auf die Ebene seines Sohnes herabgelassen? Sie konnte sich nicht daran erinnern, dass Ed mit David auch nur ein einziges Mal so umgegangen wäre, als wäre sein Sohn ihm wirklich wichtig. Der Anblick ließ ihr Herz einen Two-Step tanzen, der nichts mit den freudigen Erinnerungen an weitläufige Ranches und große Familien zu tun hatte. Jetzt fragte sie sich, ob Paxton selbst Kinder hatte. Der Gedanke ließ sie mit Enttäuschung kämpfen. Aber warum? Paxtons Privatleben ging sie nichts an. Außerdem, selbst wenn er Single war, mussten sich einem gutaussehenden und netten Mann wie ihm die Frauen scharenweise an den Hals werfen. Attraktive Frauen ohne Ballast.

David drehte sich zu ihr um. „Mr. Farraday sagt, da, wo wir hingehen, haben sie Pferde."

„Ja, haben sie." Sie nickte. „Und wenn die Farradays einverstanden sind, kannst du sie besuchen."

„Juhu!" Der Junge sprang in die Luft, als hätte er Federn unter den Schuhen.

„Aber", sie wedelte mit dem Finger in seine Richtung, „denk daran, dass du tun musst, was die

Erwachsenen dir sagen.“

David kämpfte darum, still zu stehen, und sah auf. „Ja, Mommy.“

„Gut. Sind alle bereit?“ Paxton richtete sich zu seiner vollen Größe auf.

„David, hol deine Jacke. Es könnte kalt werden, wenn wir nach Hause kommen.“ Nach Hause? Wieso hatte sie nicht früher daran gedacht? „Oh je.“

„Was?“ Paxtons Augen füllten sich mit Schrecken, während er den Kopf herumwirbelte, um David zu suchen.

„Mir ist gerade eingefallen, dass ich nicht weiß, wie wir nach dem Abendessen nach Hause kommen sollen.“

„Ach das.“ Paxtons Schultern entspannten sich. „Grace und Chase wohnen hier in der Stadt. Ich bin sicher, sie wird euch mit nach Hause nehmen.“

Das beruhigte sie. Einen Sekundenbruchteil lang war sie bereit gewesen, den ganzen Ausflug abzusagen, wenn das bedeutete, dass einer der Farradays sie und ihren Sohn nach Einbruch der Dunkelheit noch den ganzen Weg in die Stadt hätte bringen müssen. „Natürlich.“

Paxtons Blick wanderte zu David, der in der Küche nach seiner Jacke suchte. „Er ist ein lieber Junge.“

Sie holte tief Luft. „Danke. Ich möchte, dass er zu einem lieben Mann heranwächst – stark, aber lieb.“

„Bist du deshalb nach Hause gekommen?“ Paxton drehte sich zu ihr um.

„Ich möchte nicht, dass mein Sohn in der Stadt aufwächst. Außerdem verdient jedes Kind, seiner Großmutter so nahe zu sein, dass es ein bisschen verwöhnt werden kann. Obwohl unter einem Dach vielleicht ein bisschen zu nahe ist. Aber im Moment ist es das Beste.“

Er nickte, dann wanderte sein Blick nach oben und

wieder zu ihr. „Kommt nur ihr beiden zum Abendessen?"

Es dauerte einen Moment, bis ihr klar wurde, dass Paxton vermutlich nichts von ihrem jämmerlichen Ex-Mann wusste. Seltsam, sie hätte gedacht, dass sich diese Neuigkeit wie ein Lauffeuer in der Stadt verbreiten würde. „Nur wir. Mom hat schon etwas vor."

David hüpfte zurück ins Foyer. „Können wir endlich die Pferde besuchen?"

Sie verdrehte die Augen über die Begeisterung ihres Sohnes, grinste und nickte. „Lass uns gehen."

David sprang auf dem Weg nach draußen noch höher. Ihr Blick fiel auf Paxton, der ihr die Tür aufhielt, und dann auf ihren Sohn, der den Gehweg entlanghüpfte. Zum ersten Mal seit langer Zeit fühlte es sich plötzlich so an, als wäre Hoffnung für die Zukunft nicht nur ein Hirngespinst.

Sobald Paxton die Tür öffnete, eilte Tante Eileen auf Sandra zu und umarmte sie in einer vertrauten Bärenumarmung, ohne ihn zu beachten. Er konnte es ihr nicht verübeln. Er selbst hätte nichts dagegen, sie ganz fest in seine Arme zu schließen. Wahrscheinlich war das der Grund, warum er einen Sicherheitsabstand einhielt. Er war sich nicht sicher, was es mit Davids Vater auf sich hatte, aber bis er mehr wusste, musste er seine Hände in den Taschen und seine Gedanken für sich behalten.

„Schön, dich zu sehen, Sandra Lynn. Willkommen zurück in Tucker's Bluff." Tante Eileens Lächeln breitete sich auf ihrem Gesicht aus, als sie sich vorbeugte. „Und das muss David sein. Ich glaube, im

Hinterhof warten ein paar Kinder darauf, dich kennenzulernen."

David sah seine Mutter an, die nickte und mit den Lippen formte: *Sei brav.*

„Ich bringe ihn nach draußen." Die Frau seines Cousins Connor erschien hinter ihrer Tante. „Ich kann nachsehen, was die Brut macht." Sie hielt einen Moment inne und rief über die Schulter: „Übrigens, ich bin Catherine, freut mich, dich kennenzulernen."

„Freut mich auch, dich kennenzulernen", lachte Sandra, als David die Frau praktisch zur Hintertür zerrte.

Das Auftauchen ihres Sohnes in der Küche hatte einen Strom aus Familienmitgliedern verursacht, der sich aus allen Ecken des Hauses auf Sandra zubewegte. Sie wurde mit Lächeln und Umarmungen begrüßt, und einer nach dem anderen rief, „Weißt du noch", bis alle sich fast vor Lachen krümmten. Paxton hatte fast vergessen, wie viel Spaß ihm die Sommer mit seiner Familie in Tuckers Bluff gemacht hatten, besonders das Angeln mit Sandra Lynn. Sie war eines der wenigen Mädchen gewesen, das keine Angst vor Würmern hatte. Tatsächlich war sie diejenige, die ihn auf alte Horrorfilme aufmerksam gemacht hatte. Sie hätten bis zum Sonnenaufgang Filme von Vincent Price ansehen können, wenn seine Tante und sein Onkel es ihnen erlaubt hätten.

Grace hakte sich bei ihrer Freundin aus Kindertagen ein und zog Sandra ins gemütliche Wohnzimmer. „Wir haben so viel nachzuholen."

Während die Frauen es sich im Wohnzimmer gemütlich machten und plauderten, befand sich Paxton in der Küche, wo er zusammen mit seinen Brüdern und Cousins half, Geschirr und Speisen und so ziemlich alles, was ihre Tante wollte, ins Esszimmer zu tragen. Schließlich war der Haushalt der Farradays schon modern, bevor es populär wurde. Mit sechs Söhnen und nur einer Tochter sorgten Tante Eileen und Onkel Sean dafür, dass es weder Frauen- noch Männerarbeit gab. Jeder packte an, wo es nötig war, und dazu gehörten auch das Tischdecken und Salatschnibbeln.

Valerie kam durch die Hintertür. „Entschuldigung, ich musste einen geschäftlichen Anruf entgegennehmen."

„Um diese Uhrzeit?" Paxton blickte auf die Küchenuhr.

„Ich habe einen Anruf von der Wohltätigkeits-organisation bekommen." Valerie schnappte sich ein Gurkenstück aus dem Salat. „Scheint, als hätte es da eine kleine Panne gegeben."

Owen blickte von dem Korb mit Brötchen auf, den er gerade ins Esszimmer tragen wollte. „Panne für uns oder für sie?"

„Beides." Valerie seufzte.

Tante Eileen blickte vom offenen Ofen auf. „Oh, oh."

„Nun", Valerie zuckte mit den Schultern, „es ist kein zu großes Oh-oh. Ihr habt noch eine Menge Rahmen aufzustellen, bevor die zukünftigen Hauseigentümer kommen und helfen können, aber die Familie, die vorgesehen war, ist nicht mehr an dem Haus interessiert."

Jetzt drehte sich Morgan zu seiner Frau um. „Warum nicht?"

„Offenbar haben sie es noch einmal überdacht, so weit von Abilene wegzuziehen. Sie warten lieber, bis ein anderes Haus näher an einer Großstadt und ihren Verwandten für sie in Frage kommt."

„Stell das auf den Tisch." Tante Eileen reichte Connor die große Hackbratenpfanne. „Ich verstehe nicht, warum wir Fremde aus dem ganzen Staat herbringen müssen. Du kannst mir nicht erzählen, dass es hier in unserem eigenen County nicht auch jede Menge Bedürftige gibt.“

„Ich dachte immer, es wäre sinnvoller, wenn es für jemanden aus der Gegend ist“, sagte Owen. „Das Leben in einer Kleinstadt ist nicht jedermanns Sache, und man investiert viel Zeit und Geld, nur damit eventuell jemand einzieht, der das Landleben hasst.“

Tante Eileen warf einen Blick auf die Frauen, die im Wohnzimmer plauderten, und nickte. „Ihr wisst alle, dass Sandra Lynn sich scheiden lässt. Ich habe gehört, dass sie sich nichts anderes leisten kann, als bei ihrer Mutter einzuziehen. Bis jetzt arbeitet sie nur Teilzeit im Cut‘N’Curl. Die Wohnkosten steigen, sogar in Tuckers Bluff.“

Mehrere Köpfe drehten sich zum anderen Zimmer und wieder zurück, bevor sie ihre Tante kopfschüttelnd anblickten. Das würde sicherlich erklären, warum Paxton Davids Vater noch nicht kennengelernt hatte. Oder warum ihn niemand auch nur erwähnt hatte.

„Der Tisch ist fertig gedeckt.“ Connor kam in die Küche. „Ich hole die Kinder.“

„Großartig.“ Tante Eileen lächelte. „Das Abendessen ist serviert“, verkündete sie vom Flur aus. „Das Essen sollte besser nicht kalt werden.“

Stühle kratzten und Schritte klapperten auf dem Parkettboden, als die Gruppe sich auf den Weg zum Esszimmer machte. Grace und Sandra Lynn, die ihre Köpfe noch immer zusammengesteckt hatten und wie früher als Kinder lachten, ließen sich Zeit, das Wohnzimmer zu durchqueren.

„Ich muss sicherstellen, dass David sich die Hände wäscht.“ Sandra löste sich aus Grace‘ Arm.

„Connor ist dir einen Schritt voraus“, sagte Tante Eileen. „Setzt euch alle einfach hin.“

Eine Horde Kinder, angeführt von Connor, eilte ins Zimmer und steuerte direkt auf den Kindertisch neben dem großen Esstisch zu. Paxton beobachtete, wie Sandra sich um ihren Sohn kümmerte, ihm half, sich zu den anderen Kindern zu setzen, und ihn daran erinnerte, auf seine Tischmanieren zu achten. Nicht, dass Paxton viel von Kindern in diesem Alter erwarten würde, aber der kleine Junge nickte seiner Mutter zu und versprach, es nicht zu vergessen.

Er konnte den Kampf in ihren Augen sehen, als sie sich zwang, vom Kindertisch zurückzutreten und sich zu den Erwachsenen zu setzen. Es musste hart für sie sein, ihre neuen Wurzeln hinter sich zu lassen und nach Hause zu ziehen. Ein Anflug von Traurigkeit in ihrem Gesichtsausdruck stach ihm ins Herz. Es musste doch etwas geben, das er tun konnte, damit sie sich wirklich zu Hause fühlten.

Paxton schaffte es, Sandra den Platz ihm gegenüber zu sichern. Näher kam er ihr nicht, da Grace wie eine Klette an ihr klebte.

„Und was passiert jetzt?", fragte Owen.

Valerie zuckte mit den Achseln. „Ich schätze, sie fangen wieder von vorne an. Es gibt eine lange Liste von Menschen in Not. Das Schwierige ist, jemanden auszuwählen, der nicht ebenfalls abspringt, weil wir mitten in einer Kleinstadt in West-Texas sind."

Sandra reichte Grace neben sich eine Schüssel Kartoffeln und blickte auf. „Was ist los?"

„Die Leute, die dem neuen Haus zugeteilt waren, sind abgesprungen." Tante Eileen griff nach ihrem Glas. „Offenbar wollen sie die Großstadt nicht verlassen."

Sandra schüttelte den Kopf. „Sie wissen nicht, was sie verpassen."

„Richtig." Grace grinste Sandra an.

„Im Ernst." Sandra griff nach dem Salat. „Das ist eine tolle Stadt und das wird ein fantastisches Haus."

„Das kannst du schon sehen?" Paxton wandte

seinen Blick ihr zu.

„Natürlich. Die Pläne sind klar und ich konnte sehen, wie alles zusammenpasst, als du erklärt hast, was wohin kommen würde. Und dieser große Garten ist fabelhaft, um eine Familie und vielleicht ein oder zwei Hunde großzuziehen."

Paxton wandte sich wieder Owen zu, dessen Augen sich verengten und dessen Kiefermuskel zuckte, was bedeutete, dass sein Verstand arbeitete. Zweifellos dachten die beiden Männer dasselbe. Aber zuerst musste er mehr über Sandra Lynns Situation herausfinden. Vielleicht war dies eine Möglichkeit, ihr altes Lächeln wieder auf ihr Gesicht zu zaubern und es auf ewig dort zu halten.

KAPITEL SECHS

So weit, so gut. Sandra Lynn wischte mit dem Besen um den leeren Friseurstuhl herum. Auf dem Boden lagen genug Haare, um daraus nicht nur eine, sondern sogar mehrere Perücken zu machen. Nicht, dass sie die Haare aufbewahrten, aber trotzdem.

„Hier, bitte." Mrs. Brady lächelte sie an und drückte Sandra einen Geldschein in die Hand. „Schön, dich wieder hier zu haben."

„Danke." Sie winkte der Frau zu und wartete, bis niemand mehr hinsah, um einen Blick auf das Trinkgeld zu werfen. Die Scheine, die man ihr zusteckte, brachten sie zum Lächeln. Es war nicht viel, aber immerhin ein Anfang. Sie hatte heute Morgen vier verschiedenen Frauen die Haare gewaschen und Mrs. Brady war die bisher großzügigste Trinkgeldgeberin gewesen. Wenn es so weiterging, würde es lange dauern, bis sie sich leisten konnte, eine eigene Wohnung für sich und David zu mieten, aber sie konnte geduldig sein, wenn es sein musste.

„Morgen, Emily." Polly lächelte die Frau an, die durch die Eingangstür kam. „Ich bin gleich für dich da. Setz dich an die Shampoo-Station und Sandra Lynn wird alles vorbereiten."

Emilys Schrei war bis nach Oklahoma City zu hören. „Ich habe gehört, dass du zurück bist! Warum hast du niemandem Bescheid gesagt, dass du nach Hause kommst?"

Jegliche Verlegenheit, die sie empfand, nachdem sie nach einem gescheiterten Versuch, einen Märchenprinzen zu finden und glücklich bis an ihr Lebensende zu sein, nach Hause geschlichen war, verflog bei Emily Taubs aufgeregter Begrüßung. „Es ging alles ziemlich schnell. Es war keine Zeit." Die Wahrheit war, dass sie ihre Chance gesehen und sie ergriffen hatte. Ihr Ex hatte die meiste Zeit der letzten zwei Jahre mehr betrunken als nüchtern verbracht. Als er sich geweigert hatte, regelmäßigen Drogentests zuzustimmen, hatte der Richter das gemeinsame Sorgerecht verweigert und ihr die Erlaubnis erteilt, in ihre Heimatstadt zurückzukehren. Wenn Ed David sehen wollte, musste er die achtstündige Fahrt auf sich nehmen. Das wäre kein Beinbruch für ihn.

„Hat Grace dir von unserem Mädelsabend am Freitag erzählt?" Emily ließ sich auf den Stuhl sinken und lehnte ihren Kopf ins Becken zurück, während Sandra das Wasser aufdrehte und ihre Hände mit Shampoo bespritzte. „Nichts Besonderes. Nur wir Mädels, vielleicht ein Film oder ein Abendessen. Manchmal fahren wir rüber ins Boot'N'Scoots in Butler Springs. Da alle so beschäftigt mit Kindern und so sind, versuchen wir, mindestens einmal im Monat einen Mädelsabend zu machen."

Als sie ihrer Freundin eine kurze Kopfhautmassage gab, lächelte Sandra. Wirklich. Ihr wurde klar, wie schön es sein würde, wieder Freunde zu haben. „Klingt nach Spaß."

„Oh, gut." Emily grinste. „Ich denke, unser erster Abend zusammen sollte eine Pyjamaparty werden."

Sandra spülte das Shampoo aus und wickelte ein Handtuch um Emilys Kopf. „Macht ihr oft Pyjamapartys?"

„Normalerweise nicht." Emily setzte sich auf. „Aber ab und zu, um zu feiern, ja. Und sie machen so viel Spaß. Und deine Rückkehr nach Hause ist definitiv ein Grund zum Feiern." Bevor Sandra ein Wort sagen konnte, schlang Emily ihre Arme um sie und drückte sie. „Willkommen zu Hause."

Wie hatte sie nur so blind sein können, sich von Ed überreden zu lassen, alles zu verlassen, was sie so sehr liebte? „Sag mir einfach Bescheid, an welchem Freitag, und ich rede mit Mom, damit sie sich für mich um David kümmert."

„Oh, das stimmt!", erwiderte Emily. „Du bist jetzt Mama."

Ihre Wangen zogen fest an den Mundwinkeln. „Mein ganzer Stolz."

Die Klingel über der Tür ertönte und Mary Sue Carter, die nachmittags für die Haarwäsche zuständig war, kam in den Salon. „Hey Polly, hey Sandra. Tut mir leid, dass ich ein paar Minuten zu spät bin."

„Kein Problem." Sandra warf einen Blick auf die Uhr über der Wand. Fünfzehn Minuten würden nichts ausmachen. „Wenn ihr mich entschuldigt, ich hänge meine Schürze auf und mache mich fertig, um nach Hause zu gehen. Mein Sohn fragt sich wahrscheinlich, wo ich bleibe."

Emily runzelte die Stirn. „Er ist nicht in der Schule?"

„Noch nicht." Sandra schüttelte den Kopf. „Ich musste noch ein paar Formalitäten erledigen, aber er sollte am Montag anfangen."

„Du bist dran, Emily. Nimm Platz." Polly winkte ihre Kundin zu sich.

Ein paar weitere Runden *Schön, dass du wieder da bist* und *Bis bald* flossen hin und her, bevor Sandra ihre Handtasche schnappen und nach Hause gehen konnte. Gott sei Dank war Tuckers Bluff so klein, dass man, wenn man Zeit hatte, überall hin laufen konnte. Bis zum Haus ihrer Mutter waren es nur etwa zwanzig

Minuten. Ein schöner Spaziergang bei gutem Wetter. Und heute verging der Spaziergang wie im Flug, während ihr all die wunderbaren Segnungen durch den Kopf gingen, die sich seit ihrer Rückkehr nach Hause ergeben hatten. Bald würde sie genug Geld gespart haben, um ein kleines Haus für sich und David zu mieten, und dann könnte sie anfangen, ihm das Leben zu bieten, das sie sich immer für ihn gewünscht hatte.

Am Bordstein des Hauses ihrer Mutter war sie überrascht, einen großen Truck zu sehen. Gehörte der nicht Paxton? Sie ging die Vordertreppe zur Veranda hinauf, trat ein und erwartete die lauten Geräusche eines wilden kleinen Jungen. Sie war überrascht von der Stille einer Bibliothek begrüßt zu werden. „Jemand zu Hause?"

„Hey, Süße", rief ihre Mutter aus der Waschküche. „Ich wasche gerade Bettwäsche. David und Paxton sind im Garten."

David *und* Paxton. Im Garten? Sie ging durch die Küche zur Hintertür und blieb bei dem Anblick vor ihr stehen. Es dauerte einen Moment, und dann erkannte sie, dass ihr Sohn einen Hammer in der Hand hielt. Was zum Teufel? Nach einer weiteren Minute stiller Beobachtung konnte sie Paxton hören.

„Das ist richtig. Lass das Gewicht des Hammers auf den Nagel schlagen. Willst du es noch einmal versuchen?"

Ihr Herz stolperte und ihr Mund klaffte auf. Brachte Paxton ihrem Sohn tatsächlich bei, wie man mit einem Hammer umging? Seine Stimme war so sanft, als er David anspornte. Ein weiterer Schlag, und so wie David sich umdrehte und Paxton anlächelte, mit purer Freude in seinem Gesichtsausdruck, war sie bereit zu vermuten, dass ihr Sohn den Nagel getroffen hatte. Sie schluckte schwer und unterdrückte ihre Tränen. Sie hätte Tuckers Bluff nie verlassen dürfen.

Mit Kindern abzuhängen war für Paxton nicht normal, aber dieser Junge war ein Energiebündel voller Begeisterung, das jeden zum Lächeln bringen konnte, egal wie hart der Tag war. „Das ist perfekt. Jetzt hast du den Dreh raus. Aber pass auf deinen Daumen auf. Ich will nicht, dass deine Mutter sauer auf mich ist, weil ich dich mit Werkzeugen arbeiten lasse."

David nickte, knabberte an seiner Unterlippe, hielt den Nagel fest und ließ den Hammer darauf niedersausen. Natürlich musste ein kleiner Junge wie David die Bewegung auch mit Schwung mehrmals wiederholen, aber was zählte, war, dass er es alleine tat und dass er das wusste. Bis jetzt hatte Paxton nicht wirklich daran gedacht, eine Familie zu gründen, aber diese paar Minuten gaben ihm eine Vorstellung davon, wie schön es sein konnte, einen eigenen Sohn zu haben.

„Hallo." Sandra kam aus dem Haus auf sie zu. Das Sonnenlicht schien hinter ihr hervor wie ein Heiligenschein. Verdammt, sie war ein süßes Kind gewesen, aber jetzt war sie eine verdammt schöne Frau.

„Hi." Er wandte sich an David. „Das war's für heute. Ich muss kurz mit deiner Mutter reden."

David sah etwas traurig aus und Paxton wünschte, er könnte noch ein bisschen weitermachen, dann reichte ihm der Junge den Hammer. „Kommst du wieder?"

„Ich habe gesagt, dass ich das werde."

„Und du hilfst mir wirklich, meine Festung zu bauen?"

Paxton lächelte kurz und hoffte, dass es das besorgte Stirnrunzeln auf dem Gesicht des kleinen Jungen lindern würde. „Absolut."

„Wirklich?" Sein Stirnrunzeln war immer noch da.

Ein plötzlicher Stich des Ekels schnürte ihm die

Brust zu. Was hatte dieses kleine Kind von Erwachsenen gelernt, dass es Paxton nicht glaubte. „Wirklich." Er legt seine Hand auf seine Brust. „Hand aufs Herz."

Das zauberte dem Jungen ein breites Grinsen ins Gesicht. „Mommy." David wirbelte herum und rannte zu seiner Mutter. „Paxton wird mir helfen, eine Festung zu bauen."

„Wird er das?" Sie blickte über den Kopf ihres Sohnes hinweg zu Paxton.

„Er hat es versprochen." Davids Lächeln war ansteckend.

„Dann wird er dir wohl helfen, eine Festung zu bauen." Wieder sah sie über den Kopf ihres Sohnes hinweg und richtete ihre Augen auf seine.

Paxton hatte keine Ahnung, was ihr durch den Kopf ging, aber er kam schnell zu dem Schluss, dass die Mutter genauso viel Zuspruch brauchte wie ihr Sohn. Mit einem leichten Lächeln nickte er ihr zu und legte, genau wie er es bei David getan hatte, seine Hand über sein Herz.

„Als ich nach Hause kam, habe ich etwas Köstliches gerochen. Warum gehst du nicht zu Oma und schaust, was sie gebacken hat?"

„Super." David streckte eine Faust in die Luft, vollführte einen kleinen Tanz und rannte ins Haus, wobei die Fliegengittertür hinter ihm zuschlug.

Paxton kicherte und trat näher an Sandra heran.

„Ich bin mir nicht sicher, was hier passiert ist, aber danke."

„Ehrlich", er zuckte mit den Schultern, „ich bin mir auch nicht sicher, was passiert ist, aber ich bin vorbeigekommen, um mit dir über etwas zu reden, und David hat mich mit Fragen gelöchert, was ich mache und ob ich Werkzeuge benutze und ob ich einen Hammer benutzen kann und ob meine Mom mich eine Säge benutzen lässt."

Sandra hob ihre Hand zum Mund und verkniff sich ein Lachen. „Das tut mir so leid."

„Das muss es nicht." Er schob die Hände in die Taschen. Dort waren sie sicherer. „Ich habe meinen Werkzeuggürtel geschnappt und ihm ein oder zwei Dinge gezeigt. Es hat Spaß gemacht."

„Er hat mir einmal erzählt, dass er ein Baumhaus will, wenn wir ein Haus finden. Ich wusste nicht, dass er die Idee noch nicht aufgegeben hat."

„Meine Brüder und ich haben mit dem Bauen angefangen, indem wir Hütten, Festungen und Baumhäuser in unserem Garten gebaut haben. Wir hatten eine tolle Zeit. Auch wenn die ersten paar Versuche zu leicht auseinanderfielen."

Sandras Augen weiteten sich. „Das wusste ich nicht. Aber keiner von euch ist vom Baum gefallen, oder?"

„In unserer Lernphase gab es keine Knochenbrüche."

„Ich habe einfach Angst, er könnte aus dem Baumhaus fallen. Ich wünschte, wir könnten stattdessen eine ebenerdige Festung bauen."

„Wir können bauen, was immer du willst." Das erinnerte ihn daran, warum er eigentlich hier war. „Apropos bauen, du hast erwähnt, dass dir das Haus gefällt, das wir für einen guten Zweck bauen."

Sie setzte sich auf die hintere Treppe. „Wem würde das nicht? Das Haus wird perfekt."

„Ich will nicht persönlich werden. Deine Mutter hat mir erzählt, dass du nur auf Teilzeitbasis im Cut'N'Curl arbeitest?"

„Das stimmt. Ich war Nagepflegerin in Chicago, aber es dauert länger, als gedacht, meine Lizenz für Texas zu bekommen."

Genau das hatten er und seine Brüder gedacht. Aus dem, was er gesehen hatte, der Tatsache, dass Sandra

Lynn sich Sorgen machte, weil sie eine kleine Autoreparatur bezahlen musste, und dem, was seine Tante beim Abendessen erzählt hatte, hatte er geschlossen, dass sie und David wahrscheinlich die Kriterien der Wohltätigkeitsorganisation erfüllen würden. „Nachdem du gegangen warst, haben wir uns alle über die Probleme unterhalten, die es mit sich bringt, Fremde in eine Kleinstadt zu holen. Heute Morgen hatten wir als Erstes eine lange Besprechung mit dem Fernsehsender und dann mit der Wohltätigkeitsorganisation. Wir bestanden darauf, dass eine Bedingung für die Finanzierung dieses Projekts durch den Sender darin besteht, dass eine ortsansässige Familie in das Haus einzieht. Sowohl dem Sender als auch der Wohltätigkeitsorganisation gefiel die Idee einer alleinerziehenden Mutter."

Sie neigte den Kopf zur Seite, während er sprach, aber ihr Gesicht zeigte keine Anzeichen, dass sie verstand, was er sagte.

„Es gibt einige Unterlagen, die ausgefüllt und eingereicht werden müssten, aber das ist hauptsächlich eine Formsache, da unsere Empfehlung angenommen wurde."

„Empfehlung?"

Er stieß einen tiefen Seufzer aus und betete kurz, dass sie sich darüber genauso freuen würde wie er. „Wir möchten, dass das Haus für dich und David ist."

„Entschuldigung. Was?" Sie legte wieder diesen niedlichen Kopf schief.

Er begann sich Sorgen zu machen, dass ihr die Idee mit der Wohltätigkeitsorganisation nicht gefallen würde. „Der Sender, die Wohltätigkeitsorganisation und wir Farradays sind alle der Meinung, dass das Haus dir gehören sollte."

Ihre Augen weiteten sich und bevor er wusste, was ihm geschah, sprang sie von der Veranda auf, schlang ihre Arme um ihn und kreischte ihm ins Ohr. Sie drückte ihn ein paar Augenblicke lang, bevor sie zurückwich. „Entschuldigung. Ich kann es einfach nicht glauben. Du bist mein Held!"

Wenn es eine weitere Umarmung wie diese bedeutete, würde er sich sogar darum kümmern, ihr zwei Häuser zu beschaffen.

KAPITEL SIEBEN

andra starrte auf die Sägespänehaufen auf dem Boden und die Holzreste, die verstreuten Verpackungen und die losen Nägel und den übrigen Schutt, den die Arbeiter hinterlassen hatten. Niemals hätte sie geglaubt, dass ein Bautrupp so ein Chaos anrichten könnte. Aber ihre Aufgabe war es, hinter den Brüdern aufzuräumen, nicht ihre Arbeitsgewohnheiten zu kritisieren.

Schließlich bauten sie ihr und David ein Haus. Jedes Mal, wenn sie daran dachte, tanzte sie ein bisschen bei dem Gedanken, dass sie einmal Hausbesitzerin sein würde. Sie hatte nie alleine gelebt. Sie war aus dem Haus ihrer Eltern zu Ed gezogen und dann wieder zurück zu ihrer Mutter. Bis vor ein paar Tagen hätte sie nie davon geträumt, einmal ein eigenes Zuhause zu besitzen. *Nimm das, Ed Morton.* Als sie endlich den Mut gefunden und genug Geld gespart hatte, um auszuziehen, hatte er betrunken vom Sofa aus gelallt, dass sie zurückgekrochen kommen würde.

Sie schüttelte die Gedanken an ihn ab und fegte das Chaos weg. Aber es war ein Chaos in ihrem Haus. Nicht in dem von jemand anderem.

„Vorsicht", sagte eine tiefe Stimme hinter ihr.

Sie rutschte zur Seite.

„Andere Seite", rief die Stimme.

Sie rutschte in die entgegengesetzte Richtung, als ein Mann einen Stapel Bretter an ihr vorbeischleppte.

„Tut mir leid, dass ich im Weg war."

„Keine Sorge, Ma'am." Die Bretter auf seiner Schulter gestapelt, hielt er inne und lächelte sie an. Obwohl viele der Arbeiter von außerhalb der Stadt kamen, waren alle auf dem Bau sehr freundlich.

„Ich bin Jet. Du musst die Hausbesitzerin sein." Der Kerl stand in der Mitte dessen, was eines Tages ihre Frühstücksecke sein würde.

„Bin ich." Allein das zu sagen, ließ ihr einen Schauer über den Rücken laufen. „Oder zumindest werde ich es sein. Freut mich, dich kennenzulernen. Ich bin Sandra."

Er starrte sie einen Moment lang an. Nicht lange genug, um ein Problem zu sein, aber lange genug, um ihr Unbehagen zu bereiten.

„Das muss schwer sein." Sie deutete auf die Last auf seiner Schulter.

„Das?" Er sah die Bretter an, als hätte er vergessen, dass sie da waren. „Das gehört einfach zum Job." Er lächelte sie an, drehte sich um und marschierte zum anderen Ende des Hauses.

Sie nahm die riesige Kehrschaufel und den Besen in die Hand und begann, den Schutt zusammenzufegen. Sie konnte immer noch nicht darüber hinwegkommen, dass Paxton und seine Brüder ihre Beziehungen hatten spielen lassen, um ihr dieses Haus zu beschaffen.

Sie dachte über all die lustigen Dinge nach, die sie zu tun hoffte, wie sie Davids Zimmer dekorieren würde, wo sie das Sofa hinstellen würde – sobald sie sich eins gekauft hatte, natürlich. Das ließ sie die Stirn runzeln und auf die gegenüberliegende Wand starren. Sie war nicht obdachlos, aber ihre Situation war nicht ideal. Sie hatte all ihre Sachen und gebrauchten Möbel bei ihrem Ex zurücklassen müssen. Sie überlegte, ob es zu früh war, auf Flohmärkten nach den perfekten Einrichtungsgegenständen zu suchen. Allerdings wäre das vielleicht etwas überstürzt.

„Brauchst du Hilfe?" Jet tauchte unerwartet hinter ihr auf.

Sie drehte sich schnell um, mehr aus Überraschung als aus irgendeinem anderen Grund, und sein Blick huschte zu ihrem Gesicht. Sie wusste, dass sie ihn dabei erwischt hatte, wie er auf ihren Hintern gestarrt hatte. Es hatte keinen Sinn, ein Theater daraus zu machen. „Nein. Ich krieg das hin. Das ist Teil meiner Schweißarbeit."

Sein Blick fiel kurz nach unten, bevor er wieder auf ihre Augen traf. „Ruf einfach, wenn du deine Meinung änderst und die Hilfe eines Mannes brauchst."

„Mache ich." In einem anderen Leben. Sie war schon seit verdammt vielen Jahren nicht mehr Teil der Dating-Szene, aber sie erkannte immer noch, ob ein Mann Interesse hatte. Aber zu Jets Pech war sie ganz bestimmt nicht interessiert. Als sie sich umdrehte, um zu ihrer eigentlichen Aufgabe zurückzukehren, verfing sich ihr Fuß zwischen dem Besen und einer Plastikfolie auf dem Boden. Sie ließ den Besen los und streckte taumelnd die Arme aus, als starke Hände plötzlich ihre Arme fesselten.

„Whoa." Jet hielt sie fest und stützte sie.

„Ups." Sie fand ihr Gleichgewicht wieder, aber Jets Hand verharrte auf ihrem Arm. Sie blickte auf die Finger, die sie noch festhielten, und trat einen Schritt zurück. „Danke, aber es geht jetzt wieder."

„Bist du sicher?" Er hielt sie immer noch fest.

„Ich verspreche, dass ich aufpasse, wo ich hintrete."

Er ließ sie los, blieb aber so nahe bei ihr, dass sie sich nicht wohlfühlte. „Ich möchte nicht, dass du dich verletzt."

Wenn er nicht zurückweichen würde, würde ganz sicher er verletzt werden. Ihr Bauhelm hatte gewackelt und sie setzte ihn wieder richtig auf. „Ich werde bestimmt noch lernen, wie man sich auf einer Baustelle zurechtfindet.“

Jet nickte. Sie konnte es nicht schwören, aber sie glaubte, Enttäuschung in seinem Blick zu sehen. „Sei einfach vorsichtig.“

„Das werde ich.“

Als sie sich vorbeugte, um den Besen aufzuheben, den sie fallen gelassen hatte, drang eine Reihe von Schimpfwörtern aus dem vorderen Teil des Hauses zu ihr. Sie richtete sich rasch auf und blickte durch den Türstock, der einmal ihre Haustür beherbergen sollte, auf die Veranda. Paxton stand murmelnd da, blickte finster drein und hielt seine Hand. „Oh, oh.“

Paxton hatte gesehen, wie Jet bei Sandra herumlungerte und ihren Arm festhielt, lange nachdem er sie hätte loslassen sollen. Paxton war froh, dass Jet nahe genug gewesen war, um sie vor dem Stürzen zu bewahren, aber das hieß nicht, dass ihm das gefallen musste. Und das tat es auch nicht, nicht im Geringsten. Jet war ein Aufreißer. Er hatte eine ganze Reihe von Frauen von hier bis Oklahoma. Dieser Typ war das Letzte, was Sandra brauchte.

Abgelenkt, weil er ein Auge auf Jet und Sandra Lynn hatte, hatte er den Halt an dem alten Brett, das er gerade löste, verloren und sich die Hand an einem hervorstehenden Nagel aufgeschnitten. Der Schmerz in seiner Hand war fast so stark wie der Schmerz, als er gesehen hatte, wie Jet Sandra so unangebracht festhielt. Er drückte auf die Wunde und überlegte, ob er sich auf die Suche nach dem Erste-Hilfe-Kasten machen oder für die Mannschaft ein paar Hausregeln bezüglich der neuen Hausbesitzerin aufstellen sollte.

„Alles in Ordnung?" Sandra erschien an seiner Seite.

„Ja. Nur ein kleiner Schnitt."

„Schnitt? Lass mich mal schauen." Ihr Blick fiel auf das Blut, das zwischen seinen Fingern hervorquoll. „Du blutest. Gibt es hier irgendwo einen Erste-Hilfe-Kasten?"

„Im Bauwagen." Sie hatten einen Wagen im Hinterhof aufgestellt.

„Halt den Druck aufrecht. Ich hole den Kasten und bin gleich wieder da."

Wäre dies ein Sprintwettkampf gewesen, hätte sie die Goldmedaille gewonnen. In der Hälfte der Zeit, die er erwartet hatte, war sie mit dem Erste-Hilfe-Kasten und einem kleinen Eimer mit frischem Wasser sowie einer Rolle Papiertücher unter dem Arm zurückgekehrt.

„Danke. Ab hier kann ich selbst weitermachen." So sehr er ihre Berührung auch spüren wollte, er wagte es nicht, es ihr zu erlauben.

„Unsinn. Gib mir deine Hand."

Als sie kaltes Wasser darüber goss, zuckte er zusammen. Vielleicht war die Wunde doch ein bisschen tiefer, als er gedacht hatte.

„Du musst vorsichtiger sein, Paxton."

„Erzähl mir etwas, das ich nicht weiß." Er war ein Idiot gewesen, weil er sich von Jets Aufmerksamkeit für Sandra hatte ablenken lassen. „Hör zu, es tut mir leid, dass ich vorhin geflucht habe."

Sie winkte ab. „Nichts, was ich nicht schon einmal gehört hätte."

Warum hatte ihn das so wütend gemacht?

„Entspann dich." Sie wischte die Wunde mit den Papiertüchern ab. „Ist deine Tetanus-Auffrischung aktuell?"

„Immer." Das war etwas, worauf er und seine

Brüder bei der ganzen Crew bestanden. Auf Baustellen gab es jede Menge rostige Nägel und scharfe Gegenstände.

„Das ist gut zu hören." Sie reinigte die Wunde weiter und kramte dann in der Ausrüstung.

„Nicht gerade so, wie ich mir deinen ersten Tag bei uns erhofft hatte." Er versuchte, nicht zusammenzuzucken, als sie etwas auf den Schnitt gab.

Sie schüttelte den Kopf. „So schlimm ist es nicht."

„Das habe ich doch gesagt."

„Nicht der Schnitt." Sie sah ihn durch lange, üppige Wimpern an und lachte leise. „Die antibiotische Salbe."

Als sie ihm eine nicht klebende Mullbinde auf die Handfläche drückte, zog er sie reflexartig zurück.

„Komm schon. David zappelt nicht so viel."

„Tut mir leid." Er lächelte sie an. „Ich werde versuchen, es besser zu machen."

Das entlockte ihr das gewünschte Lächeln. Sie nahm die Rolle Tape, wickelte einen langen Streifen ab und befestigte so die sterile Binde. „Die Blutung hat nachgelassen, aber du solltest vielleicht zu Brooks gehen. Vielleicht muss es genäht werden."

„Ich bin sicher, ich werde es überleben. Du machst einen guten Job als Ärztin."

Sie betrachtete seine frisch verbundene Wunde. „Das muss fürs Erste reichen. Aber du solltest die Hand eine Weile ruhig halten, bis es ganz aufhört zu bluten."

„Keine Zeit. Ich muss arbeiten." Er sollte wieder an die Arbeit gehen, aber dass sie seine Hand gehalten hatte, war das Beste an diesem Tag gewesen. Ihre Hände waren weich und effizient. Ein Teil von ihm dachte, dass ihm im Moment nichts wichtiger schien, als diese sanfte Verbindung aufrechtzuerhalten. Er hätte nichts dagegen, jeden Tag einen Grund zu finden – vielleicht abgesehen davon, sich auch die andere Hand aufzuschneiden –, um Sandras Hand zu halten. Keine gute Idee. Sie war eine frisch geschiedene Frau mit einem kleinen Sohn, die den Weg nach Hause gefunden hatte. Sie brauchte keinen liebestollen Farraday.

„Bei der Arbeit hinlegen?“ Quinn kam den Gehweg vor dem Haus herauf.

„Er hat sich geschnitten.“ Sandra Lynn klappte den Deckel des Erste-Hilfe-Kastens zu.

Quinn runzelte die Stirn. „Wie schlimm?“

„Nur ein Kratzer“, entgegnete Paxton.

Sandras Brauen wanderten nach oben. „Kein Kratzer. Und ich bin immer noch der Meinung, du solltest zu Brooks gehen.“

Einer der Nachteile, einen Cousin zu haben, der Arzt war, war es, dass es keine Ausrede gab, keinen medizinischen Rat einzuholen. Verwandte schoben einen immer dazwischen.

„Brauchst du den Rest des Tages frei?“, fragte Quinn. „Ryan bringt noch eine Ladung Sperrholz. Wir schaffen das auch ohne dich.“

„Unsinn. Mir geht’s gut.“ Um seinen Standpunkt zu beweisen, drehte er seine Handfläche nach außen und war erfreut, keine Blutspuren auf dem frischen Verband zu finden. „Siehst du? Ich kann arbeiten.“ Zumindest hoffte er das. Wäre dies seine rechte Hand gewesen, wäre er aufgeschmissen gewesen.

„Hmm“, schnaubte Quinn. „Wie du willst.“ Sein Bruder sah sichtlich zufrieden aus, als er das Haus betrat, dessen Außenwände bereits standen und dessen Dachrahmen im Hinterhof gerade vormontiert wurde.

Paxton stand auf und drehte sich zu Sandra um. „Die Pause ist vorbei, aber da ich jetzt nur noch eine Hand gebrauchen kann, werde ich drinnen mit Ryan arbeiten. Wenigstens kann ich ohne Probleme einen Bohrer benutzen.“

Sandra schüttelte den Kopf und machte ein schnalzendes Geräusch. „Weißt du, du bist sturer als mein Sohn."

„Da ich David mag, nehme ich das als Kompliment."

Ein weiteres Lächeln erblühte auf ihrem Gesicht. Oh Mann, er würde es lieben, sie jeden Tag zum Lächeln zu bringen.

KAPITEL ACHT

„Ich weiß es zu schätzen, dass du mich zur Baustelle und wieder zurück fährst", sagte Sandra.

Durch das Pendeln hatte sie mehr Zeit für Paxton. Auch wenn es ein kurzer Weg war und sie ihm nicht nachjagte, genoss sie seine Gesellschaft.

„Morgen zur selben Zeit?"

„Ich muss Vormittag früh im Cut'N'Curl arbeiten. Ich kann zu Fuß rübergehen."

Er blickte in ihre Richtung, als er in die Einfahrt des charmanten viktorianischen Hauses einbog. „Ich habe nichts dagegen, dich von der Arbeit abzuholen. Ich weiß, dass man in Tuckers Bluff überall zu Fuß hingehen kann, aber warum zu Fuß gehen, wenn ich dich mitnehmen kann?"

Sie wollte ihm keine Umstände machen. „Bist du dir sicher?"

„Ich bin mir mehr als sicher." Er schenkte ihr dieses schiefe Farraday-Grinsen.

Die Haustür öffnete sich und ihre Mutter stürzte heraus. Das war seltsam. Irgendetwas musste nicht stimmen. Sandra wartete nicht, bis Paxton ihr die Autotür öffnete. Blitzschnell sprang sie aus dem Auto. „Mom, was ist los?"

„Was ist los?", wiederholte ihre Mutter die Frage und blieb wie angewurzelt stehen.

„Warum stürmst du aus dem Haus? Was ist los?"

„Nichts ist los." Ihre Mutter verdrehte tatsächlich die Augen. „Ich wollte mit Paxton sprechen."

Er war bereits aus seinem Truck ausgestiegen und umrundete die Vorderseite seines Wagens, bis er bei ihnen ankam. Dasselbe Lächeln zierte sein Gesicht. „Was kann ich für dich tun?"

„Ich hatte gehofft, du bleibst zum Abendessen? Ich habe mich in der Küche ein wenig hinreißen lassen und genug Essen für meine Untermieter und eine kleine Armee gemacht. Da ich nicht viel Platz im Gefrierschrank habe, hoffe ich auf einen weiteren Mann mit gesundem Appetit."

Paxton blickte von einer Frau zur anderen. „Das ist sehr aufmerksam von dir."

„Mom." Sandra drehte sich zu Paxton um. „Ich weiß, du hattest einen langen Tag. Wenn es nicht passt, wird meine Mutter es sicher verschieben." Sie wusste nicht, wie es ihm ging, aber nach einem harten Arbeitstag würde sie für eine lange heiße Dusche töten. Besonders, wenn sie Paxton am Esstisch gegenübersitzen würde.

„Was gibt es nach einem langen Tag Besseres als eine gute, selbst gekochte Mahlzeit?" Ihre Mutter riss plötzlich die Augen auf. „Nicht, dass deine Tante Eileen keine gute Köchin ist. Sie kennt sich in der Küche aus, aber es ist eine lange Fahrt zurück zur Ranch." Wie so oft sprach ihre Mutter erst und schaltete dann ihr Gehirn ein, weswegen sie jetzt mit aller Kraft versuchte, zurückzurudern. „Was sagst du?"

Sie warf ihrer Mutter einen schielenden Blick zu, aber diese lächelte nur.

„Ich würde gerne zum Abendessen bleiben. Das wäre großartig." Er folgte den beiden Frauen die Verandastufen hinauf und blieb neben der Fußmatte stehen, stampfte mit den Füßen und klopfte sich die Arbeit des Tages von den Stiefeln. „Ich fürchte, ich bin ein bisschen staubig.“

„Keine Sorge.“ Ihre Mutter winkte ihn herein. „Wir tragen alle diesen texanischen Staub herein.“

Sandra hatte keine Ahnung, wie es passiert war, aber dank ihrer Mutter blieb Paxton zum Abendessen.

„Hast du ihn gefragt?“ David stand im Foyer und seine Nervosität war für jeden mit Augen offensichtlich.

„Das habe ich.“ Sandras Mutter zwinkerte ihrem Enkel zu.

„Dann bleibt er?“

Für Sandra bestand kaum Zweifel daran, dass ihre Mutter nicht wirklich subtil versuchte, sie zu verkuppeln, aber es war ihr auch klar, dass ihr Sohn unbedingt Zeit mit Paxton verbringen wollte.

„Ja, er bleibt.“ Ihre Mutter drehte sich um, hielt gerade lange genug inne, um ihre Hand in einer zärtlichen Geste sanft über Davids Wange gleiten zu lassen, und marschierte dann zurück in die Küche.

David jubelte und Sandra wandte sich an Paxton. „Ich glaube, du hast einen Fan.“

Er lachte leise und gab ihr ein Zeichen voranzugehen. „Ich hoffe, er ist nicht mein einziger Fan.“

Bei seinen Worten stolperte sie fast über ihre eigenen Füße. Was meinte er damit? Meinte er sie oder jemand anderen? Und warum war das überhaupt wichtig?

Aus der Küche rief ihre Mutter: „David, warum gehst du nicht draußen spielen, bis das Abendessen fertig ist?“

Sie musste David nicht zweimal fragen. Wie vermutet, war er gerne draußen und stellte wahrscheinlich irgendeinen Unfug an. Einen Moment später schlug die Fliegengittertür hinter David zu.

Sie schüttelte den Kopf über den Lärm und drehte sich zu Paxton um, bereit, ihm noch eine letzte Chance auf einen Ausweg zu bieten. „Wenn du woanders sein musst, wird meine Mutter das sicher verstehen."

„Nein. Ich muss nirgendwo anders sein. Ich hatte sowieso vor, zum Abendessen nur im O'Faredeigh's vorbeizuschauen. Aber wenn es dir nichts ausmacht, würde ich mir vor dem Abendessen wenigstens gern die Hände waschen."

„Oh, natürlich." Sie streckte den Arm zum anderen Ende des Foyers. „Da ist die Gästetoilette."

Da er seinen Hut im Wagen gelassen hatte, nickte er nur und verschwand durch die Tür.

Während sie wartete, begannen ihre Gedanken zu kreisen. Wenn er nirgendwo hin musste, bedeutete das, dass es keine Frau in seinem Leben gab? Konnte es sein, dass jemand so gutaussehendes und nettes wie Paxton Farraday keine Freundin hatte? Warum ließ dieser Gedanke ihr Herz höherschlagen? Sie wollte nicht, dass irgendetwas ihr Herz höherschlagen ließ. Sie hatte bereits einen Mann in ihrem Leben gehabt. Sie brauchte keinen weiteren. Nicht einmal Paxton Farraday.

Der Duft von etwas unglaublich Köstlichem schlug Paxton ins Gesicht, als er die Küche betrat. „Oh, das riecht wirklich wunderbar."

„Ich hoffe, du magst Hackbraten, Makkaroni mit Käse und frisch gebackenes Maisbrot."

Die Frau hatte wirklich keine Witze gemacht, als sie gesagt hatte, sie hätte genug für eine Armee gekocht. „Ich liebe Maisbrot."

„Gut." Alice Baker wischte sich die Hände an ihrer Schürze ab und griff nach einem Stapel Geschirr.

„Hier." Er streckte die Hände aus. „Darf ich?"

„Unsinn." Sie schlug ihm auf den Handrücken. „Gäste decken den Tisch nicht. Geh raus und genieß ein wenig frische Luft. Ich rufe dich, wenn das Abendessen fertig ist."

Er blickte zu Sandra hinüber und überlegte, was das Richtige war: darauf zu bestehen, zu helfen, oder zu tun, was ihm gesagt wurde. Was er wirklich wollte, war, dort zu bleiben, wo Sandra war.

„Du auch." Die temperamentvolle Frau wedelte mit der Hand in einer scheuchenden Bewegung in Richtung ihrer Tochter. „Ich brauche keine Herde Leute in meiner Küche."

„Ja, Ma'am", antwortete Sandra freundlich, aber hinter dem Rücken ihrer Mutter verdrehte sie die Augen und gab ihm ein Zeichen, ihr zu folgen.

Draußen sah er, wie David einen Football warf, aber dieser flog nicht sehr weit. Er hatte keinen Drall und Paxton fragte sich, ob niemand David das Werfen beigebracht hatte. Was war bloß mit seinem Vater los? Warum brachte er seinem Sohn nicht bei, wie man einen Hammer benutzte oder einen Football warf?

„Wirf hierher, Junge."

David legte sein ganzes Gewicht in den Wurf, aber er landete nicht einmal in der Nähe von Paxton.

Paxton hob den Football auf und reichte ihn David. „Hier, mal sehen, ob wir dem Wurf nicht ein bisschen mehr Schwung verleihen können." Dankbar, dass es sich nicht um einen Football in Standardgröße handelte, half Paxton David, seine kleinen Finger um den Football zu legen. „Wenn du deine Finger auf die Nähte legst und den Ball dann an deine Ohren führst, bevor du ihn wirfst, sollte er spiralförmig aus deinen Fingern fliegen."

David nickte bei den Anweisungen und sein Blick war so konzentriert, als hätte Paxton ihm die Atomcodes gegeben. Der Junge hielt den Ball mit den

Fingern an den Nähten und zog seinen Arm zurück. Diesmal flog der Ball weiter und vollführte eine leicht wackelige Spirale.

„Genau so", ermutigte ihn Paxton.

Inzwischen stand Sandra hinter ihnen und klatschte. „Gut gemacht, David."

Der kleine Junge strahlte seine Mutter an und scharrte dann mit den Füßen. „Weißt du, wie man einen Baseball wirft?"

Paxton hatte alle möglichen Sportarten ausprobiert. Er hatte eine Vorliebe für Football. Er spielte in der Offensive Line und war bei ein oder zwei Spielen als Quarterback eingesprungen, aber er mochte auch Baseball. Er klopfte dem Jungen auf die Schulter. „Klar. Hast du Handschuhe und einen Baseball?"

Der Junge fing an zu strahlen und rannte zu einer Plastiktruhe, die am Haus stand. Er riss den Deckel auf und holte die nötigen Sachen heraus, bevor er zurück sprintete und Paxton einen Handschuh gab. „Ich hoffe, er passt. Mein Vater ist kleiner als du."

„Das wird schon gut gehen, Kumpel." Es hatte keinen Sinn zu erklären, dass die Körpergröße wenig mit der Größe der Hände zu tun hatte. Genauso nicht die der Füße. Groß oder klein spielte nicht immer eine Rolle bei der Schuhgröße.

David war sichtlich mehr als nur ein bisschen aufgeregt und rannte zum anderen Ende des Hofs.

„Lass uns näher anfangen, David. Ich möchte lieber, dass du an der Technik arbeitest als an der Distanz oder der Geschwindigkeit, okay?"

David nickte mit demselben konzentrierten Gesichtsausdruck und kam näher. „Hier?"

„Genau da, Kumpel."

David holte aus und warf den Ball. Es ging besser als mit dem Football, aber noch nicht weit genug, sodass Paxton sich strecken musste, um ihn zu fangen.

„Nicht schlecht. Hat dir das jemand beigebracht?"

„Mom hat es versucht, aber sie wirft wie ein Mädchen."

Er verkniff sich ein Lächeln. „Ich wette, sie wirft ziemlich gut." Er blickte über die Schulter zu ihr. Sie stand immer noch neben dem Haus, sah ihnen zu und zuckte mit den Achseln. Er wusste nicht, wie sie jetzt als Erwachsene war, aber als Kind hatte sie bei allen Spielen auf der Ranch mitgehalten.

Es gab eine Menge Dinge, die er über die erwachsene Sandra Lynn nicht wusste. Dinge, die er gerne wissen würde. Angefangen bei ihrer Lieblingsfarbe und ihrem Lieblingsessen bis hin zu dem, was sie wirklich nach Tuckers Bluff zurückgebracht hatte? Er kam sich dumm vor, sie einfach nur anzustarren, und winkte ihr zu. Aber er war erfreuter, als er hätte sein sollen, als sie grinste und zurückwinkte.

„Sind wir schon fertig?"

David wandte sich wieder dem Werfen zu und legte den Kopf schief, während er Paxton musterte. Für einen so energiegeladenen Jungen hatte er schon eine erwachsene Ader an sich. „Nein. Noch nicht fertig. Bist du bereit, einen zu fangen?"

„Nur zu." David lächelte.

Paxton warf locker den Ball. „Welche Position willst du spielen?"

„Shortstop." Er hob den Ball auf und warf ihn so fest er konnte zurück. „Oder Catcher."

Für Shortstop wäre er im Moment etwas zu klein, aber Catcher würde gut zu seiner Größe passen.

„Hast du Baseball gespielt?" David konzentrierte sich auf den Ball, der durch die Luft auf ihn zuflog.

„Ich habe die erste Base abgedeckt. Das liegt daran, dass ich der größte Junge im Team war. Das ist von Vorteil, falls jemand zu weit wirft. Ich konnte fast alles abwehren, was auf mich zukam."

David nickte.

Paxton war sich nicht sicher, ob der Junge es wirklich verstand oder nur höflich war. Er vermutete jedoch, dass dieses arme Kind nach männlicher Aufmerksamkeit hungerte. Die traurigen Gefühle, die sich in seinem Bauch breitmachten, erinnerten Paxton daran, wie gesegnet er in seiner Kindheit gewesen war. Er hatte achtsame Eltern, die all ihren Kindern viel Zuneigung und Interesse entgegenbrachten, und er hatte all seine Brüder zum Spielen. Und eine Zeit lang auch seine Cousins.

Ein weiterer Ball kam auf ihn zugeflogen. Davids Arm wurde bereits besser. „Wann können wir am Baumhaus arbeiten?"

Da er wusste, dass seine Mutter nicht begeistert von einem Baumhaus war, drehte er sich um, um Sandras Reaktion zu sehen. Ihr lächelnder Gesichtsausdruck hatte sich in den letzten Minuten kaum verändert. Das Problem war, dass er keine Ahnung hatte, ob sie wegen der Baseballfähigkeiten ihres Sohnes lächelte, oder wegen der Tatsache, dass er David helfen würde, ein Baumhaus zu bauen, oder ob sie einfach nur über die Unsterblichkeit der Krabbe nachdachte.

„Paxton?"

„Oh. Tut mir leid, Kumpel." Er wandte sich von Sandra Lynn ab und sah David an. „Wie wär's, wenn ich am Samstag vorbeikomme und wir daran arbeiten? Dann haben wir mehr Zeit."

David hüpfte fast auf der Stelle und nickte. „Der Hammer."

Er nahm sich eine Minute Zeit, um Sandra anzusehen, und ihm fiel auf, dass er es selbst nicht besser hätte sagen können … Der Hammer.

KAPITEL NEUN

„Das Abendessen ist fertig. Wascht euch die Hände", rief Sandras Mutter aus der Küche. Sie wartete neben der Tür, durch die David gerade hereingesprungen war, und sah Paxton in die Augen. „Du kommst gut mit ihm klar."

„Danke." Der Kommentar überraschte ihn. Wie schwer war es, nett zu einem kleinen Kind zu sein? „Er ist ein wirklich netter Junge. Ich erinnere mich, dass ich in seinem Alter so viel Energie hatte. An vielen Tagen wünschte ich, ich hätte sie noch."

„Nicht nur du." Sie kicherte, die Fliegengittertür schlug hinter ihnen zu, als sie die Küche betraten. „Er ist ein Energiebündel. Ich habe keine Ahnung, wie die Lehrer ihn oder die anderen Jungen dazu bringen, sich in der Schule zu konzentrieren."

„Ich bin kein Vater, aber ich war selbst einmal ein kleiner Junge und erinnere mich, wie meine Mutter uns alle immer nach draußen schickte, damit wir unsere Energie loswerden konnten. Ich vermute, deshalb haben Schulen Pausen. Damit die Kinder so viel Energie wie möglich außerhalb des Klassenzimmers loswerden."

„Er will Baseball spielen." Ihr Blick wanderte aus dem Fenster zu dem großen Garten.

„Das ist gut. Dann wird er immer schön müde nach Hause kommen."

„Er muss es noch in die Mannschaft schaffen." Ihr

Blick huschte zurück zu ihm und sie presste ihre Lippen fest aufeinander, als sie ihm ins Esszimmer voranging.

„Wirklich? Ich dachte, in diesem Alter dürfen alle Kinder spielen."

„Meinst du?" Die Sanftheit in ihren Augen kehrte zurück. Nicht, dass er etwas anderes erwartet hätte, aber es war herzerwärmend, wie sehr sie sich um ihren Sohn sorgte. Zu schade, dass er sich beim Vater des Jungen diesbezüglich nicht so sicher war. Die Frage lag ihm auf der Zunge. Er wollte wissen, was mit Davids Vater los war, aber das ging ihn nichts an. Er konnte sich nicht vorstellen, einen Sohn zu haben und keine Zeit mit ihm zu verbringen, nicht mit ihm im Garten Ball zu spielen. Das waren einige seiner schönsten Erinnerungen an seinen Vater und seine Brüder. Davids Vater verpasste das alles. „Ich könnte mit ihm arbeiten, damit er mehr Übung hat und besser wird."

Ein Licht funkelte in ihren Augen. „Das würdest du tun?"

Paxton zuckte mit den Achseln. „Sicher." Warum sollte er auch nicht? Er mochte den Jungen und zu seiner Überraschung spielte er wirklich gern mit ihm, besonders wenn der Junge etwas Neues schaffte und dann grinste wie ein Olympiamedaillengewinner. Aber was genauso wichtig war: Er würde so Zeit mit Sandra verbringen.

„Aber du bist so beschäftigt."

„Es ist nur Zeit. Zeit ist das größte Geschenk, das ein Erwachsener einem Kind machen kann."

Ihr Gesicht verzog sich und ihre Stimme wurde leiser. „Zu schade, dass sein Vater nicht so dachte."

Paxton war kurz davor, das Thema von Davids Vater anzusprechen, schnippte stattdessen aber nur mit den Fingern. „Quinn hat Baseball in der Unimannschaft gespielt. Er war wirklich gut und ich wette, er würde

David gern die Feinheiten des Spiels beibringen.“

„Warte, du willst mir sagen, dass dein Bruder, der nie lächelt, meinem Sohn Baseball beibringen soll?“

Das brachte ihn zum Lachen. „Lass dich von dem mürrischen Gesicht nicht täuschen. Er ist innerlich ein Softie. Tatsächlich wette ich, wir können einige meiner Nichten und Neffen und meiner Brüder und Cousins zusammentrommeln und auf der Ranch ein paar Spiele auf die Beine stellen. Dort gibt es genug Platz für ein Baseballfeld.“

Sie schüttelte den Kopf. „Ich kann nicht zulassen, dass du deine ganze Familie dazu verdonnerst, David das Spielen beizubringen.“

„Warum nicht?“

Ihre Augen weiteten sich und ihr Kiefer klappte leicht auf, knallte zu und klappte dann erneut auf, doch es kamen keine Worte heraus.

„Das wird allen Spaß machen. Und wer weiß, vielleicht freundet sich David mit der nächsten Generation der Farradays an. Wir hatten als Kinder alle viel Spaß zusammen.“ Er grinste selbst und tat sein Bestes, um ihr ein Lächeln zu entlocken. „Weißt du noch, wie wir Pferderennen auf dem Feld veranstalteten und Adam uns erst sagte, dass Shadow es nicht mag, einen Reiter auf seinem Rücken zu haben, als du auf ihm gewonnen hattest?“

„Wenn ich nicht so aufgeregt gewesen wäre, dass ich gewonnen hatte, wäre ich vielleicht ohnmächtig geworden.“ Sie kicherte. „Shadow war ein süßes Pferd.“

„Und nur du konntest ihn reiten.“ Er wollte gerade weitere Gedanken dazu äußern, wie man Davids Ballspiel verbessern könnte, als Sandras Mutter das Esszimmer betrat.

Sie stand mit David im Schlepptau in der Tür und strahlte Sandra an. Jeder konnte sehen, dass die Frau erfreut war, ihre Familie wieder in der Nähe zu haben. „Sind wir bereit zum Essen?"

„Ich bin am Verhungern." Sandras Lächeln schien wieder ihre Augen zu erreichen.

Das machte ihn glücklicher, als es sollte. Er näherte sich der Rückenlehne ihres Sitzes und zog ihren Stuhl heraus. Das noch strahlendere Lächeln, das sie ihm zuwarf, als sie sich setzte, machte ihn so froh darüber, dass seine Mutter ihm Manieren beigebracht hatte, obwohl er argumentiert hatte, dass Mädchen ihre Stühle genauso leicht selbst herausziehen könnten wie Jungs.

Sandra griff nach seiner Hand auf der einen Seite und nach Davids auf der anderen und neigte den Kopf.

Ihre Mutter schnappte sich Paxtons andere Hand, um den Kreis zu schließen. „Sandra, würdest du heute Abend das Tischgebet sprechen?"

Paxton hörte jedem herzlichen Wort zu. Die Farradays sprachen immer noch vor jeder Mahlzeit ein Tischgebet – das taten sie, seit er sich erinnern konnte – , aber in einem so kleinen familiären Umfeld fühlte es sich irgendwie anders an.

„Amen." Sandra hob den Blick.

„Amen", wiederholte der Tisch.

„Reich mir bitte das Maisbrot." David streckte den Arm aus. Offenbar waren auch Davids Mutter Manieren wichtig.

„Man kann nicht nur Maisbrot essen." Mrs. Baker reichte ihrem Enkel das Gericht.

Der Junge schmollte kurz, bevor er seiner Groß-mutter zunickte, als sie ein Stück Hackbraten auf seinen Teller legte. „Ich habe auch dein Lieblingsge-richt gekocht. Käse-Makkaroni."

Das änderte die Stimmung des Kindes völlig und Paxton musste sich ein Grinsen verkneifen.

„Ist das alles, was du dir auftischst?" Mrs. Baker schüttelte den Kopf. „Sei nicht so schüchtern an meinem Tisch." Ohne zu fragen, nahm sie eine große Portion Käse-Makkaroni und klatschte sie auf seinen Teller.

Glücklicherweise war er hungrig genug, um alles aufzuessen, aber seine Mutter hatte ihn so erzogen, dass er immer ein bisschen hungrig vom Tisch ging, wenn er zum Abendessen zu einer Familie nach Hause eingeladen wurde.

David riss die Augen auf. „Das isst du alles?"

„Fleißige Männer – und heranwachsende Jungen – brauchen viel gutes Essen." Seine Großmutter lächelte auf den kleinen Jungen herab.

„Sogar das Gemüse." Paxton stach in den Brokkoli und stopfte ihn sich in den Mund, während er sich den Bauch rieb, als hätte er gerade einen Bananensplit gegessen. Er hatte das Gefühl, dass Sandra ein wenig Anpreisung für Gemüse zu schätzen wüsste. „Eines Tages wirst du das alles essen. Besonders, wenn du einen Wachstumsschub hast."

„Ich kann mir nicht vorstellen, wie es gewesen sein muss, für all diese Farraday-Jungs zu kochen." Sandras Mutter legte Brokkoli auf Davids Teller.

Paxton hielt mitten in der Luft mit seiner Gabel inne und nickte. „Die Farraday-Frauen können genauso viel verputzen."

Sandras Mutter lachte nur. „Oh, ich wette, diese Abendessen waren ein Bild für die Götter."

Paxton musste lächeln, wenn er an die Familienessen zurückdachte. „Als wir alle noch klein waren und beim Abendessen zu wild wurden, war meine Mutter immer frustriert und sagte uns, wir wären wilder als die sechs jüngeren Brüder in *Eine Braut für sieben Brüder*. Natürlich übertrieb sie." Sofort musste er an die Zeit zurückdenken, als Ryan Quinn ein Brötchen zuwarf und kurz darauf alle sechs Jungs Brot herumwarfen, als spielten sie Baseball in der Oberliga. Das war wahrscheinlich etwas, von dem Sandra ganz bestimmt nicht wollte, dass er es ihrem Sohn beibrachte. Schade, denn es hatte furchtbar viel Spaß gemacht, als er fünf Jahre alt gewesen war.

So vieles ging Sandra durch den Kopf, während Paxton und David über Sport, Träume und Pferde sprachen. Ihre Mutter lachte viel mehr, als sie sollte, aber es war für jeden, der zusah, offensichtlich, dass die Frau mehr als glücklich war, ihre einzige Tochter und ihren Enkel wieder zu Hause zu haben. So hätte Familie immer sein sollen. Warum hatte sie so lange gewartet, um etwas zu ändern? Vielleicht, weil sie tief im Inneren nicht zugeben wollte, dass ihre Eltern recht gehabt hatten und sie eine verblendete junge Erwachsene gewesen war?

„Geht alle ins andere Zimmer. Ich räume hier auf."

Paxton stieß sich vom Tisch ab, stand auf und nahm seinen leeren Teller und sein Glas.

„Lass das." Ihre Mutter scheuchte ihn weg. „Gäste räumen in diesem Haus nicht auf."

„Mir macht das nichts aus."

Ihre Mutter stemmte nur die Fäuste in die Hüften und lächelte ihn an.

Einen Moment später stellte Paxton das Gedeck wieder auf den Tisch. „Ja, Ma'am."

„Darf ich mit dem Fahrrad fahren?" David sah zu ihr auf.

Das war etwas, was er in der Stadt nicht hatte, und Sandra war so froh, dass sie ihm gleich nach ihrer Ankunft eines besorgt hatte. „Klar, aber du musst nah genug bleiben, damit ich dich von der Veranda aus beobachten kann."

Paxton stieß die Hollywoodschaukel an, sodass sie sich leicht bewegte, und beobachtete David ebenso aufmerksam wie sie. „Heute Nacht wird er gut schlafen."

„Darauf hoffe ich." Sandra hob ihre Füße und ließ die Schaukel ihre Arbeit tun. Sie genoss den langsamen Rhythmus, während sie David beim Fahren durch die Einfahrten der Nachbarn zusah. Sie hoffte, dass in der Nähe Kinder sein würden, mit denen David spielen konnte, aber bisher war er allein. Sie verfielen in angenehmes Schweigen und hörten Davids Kommentaren zu, während er die Einfahrt hinauf und hinunter fuhr. Sie hielt den Atem an, als er die Arme hob und rief: „Schau, Mom, freihändig!"

„David", war alles, was sie sagen musste, damit er sich wieder am Lenker festhielt.

Paxton kicherte. „Man sagt, Jungs sind eben Jungs. Das haben wir alle gemacht. Das Schlimmste, was passieren kann, ist, dass er hinfällt, sich das Knie oder das Kinn aufschürft, dann wieder aufsteigt und weiterfährt. Das liegt in unseren Genen."

„Ich schätze, ich sollte froh sein, dass er, weil er in der Stadt gelebt hat, überhaupt Fahrrad fahren kann." Sie hatte dafür gesorgt, dass er das konnte, damit er mit den anderen Kindern mithalten konnte. Aber da er in dieser blöden Wohnung keinen Platz zum Fahren gehabt hatte, war es sinnlos gewesen, ein neues Fahrrad zu kaufen, nachdem er aus dem alten Fahrrad, das sie auf einem Flohmarkt gekauft hatte, herausgewachsen war. Bis jetzt.

Die Sonne begann hinter dem Horizont zu versinken. Sandra warf einen Blick auf ihr Telefon und war überrascht, wie schnell die Zeit vergangen war. An dieses Schaukeln und die Gesellschaft konnte man sich gewöhnen. Aber das würde sie nicht tun. Nicht jetzt. „David. Noch fünf Minuten."

„Noch etwas länger. Bitte?"

Sie schüttelte den Kopf. „Es ist spät. Du musst ein Bad nehmen und dich bettfertig machen."

„Ja, Ma'am." So wie der arme Junge seufzte, hätte jeder denken können, sie hätte ihm gesagt, er müsse noch einen Teller Brokkoli essen.

„Wie gesagt", Paxton zuckte mit den Schultern, „Jungs sind eben Jungs. Meine Mutter stellte immer einen Timer für uns. Er hatte grelle Farben. Sie stellte ihn auf das Geländer der Veranda und wenn er losging, war Schluss. Mit ihr konnten wir verhandeln, aber nicht mit dem Timer."

„Daran habe ich noch nie gedacht. Könnte eine gute Idee sein." Sie warf Paxton einen Blick zu. Er musste tausend andere Orte haben, an denen er sein könnte, anstatt auf dieser Hollywoodschaukel. „Ich wollte dich nicht bis so spät abends hier festhalten. Du hast eine lange Fahrt zurück zur Ranch vor dir."

„Die Ranch und die Straße laufen nicht davon. Das hier ist …", er blickte von David zu ihr, „schön."

Ihr Herz vollführte dieses kleine Flattern, das sie sowohl erregte als auch erschreckte. Kopfschüttelnd blickte sie auf ihre Uhr. „Die Zeit ist um."

David zog sein Fahrrad auf die Veranda. „Ich bin müde."

Sie hätte beinahe Halleluja gerufen. An manchen Abenden war es eine Herausforderung, ihn zur Ruhe zu bringen, wenn er den ganzen Tag drinnen verbracht hatte. Heute Abend vermutete sie, dass er zusammenbrechen würde, bevor sie das Abendgebet gesprochen hatten.

Nachdem er das Fahrrad in einer Ecke der Veranda abgestellt hatte, schlurfte David zögernd mit den Füßen.

„Na los", Sandra schubste ihn nach vorne.

Die Füße des Jungen schienen sich in den Holzboden zu bohren. „Mr. Farraday?“

„Ja?“ Paxton stand neben ihr.

„Kannst du bleiben und mir eine Geschichte vorlesen?“

Bevor Sandra etwas sagen konnte, meldete sich Paxton zu Wort. „Sehr gerne, Kumpel.“

Davids Gesicht hätte die Nachbarschaft erleuchten können. „Wirklich?“

„Wirklich.“

Zum ersten Mal seit Ewigkeiten war es nicht nötig, über Bade- und Schlafenszeit zu verhandeln. David rannte ins Haus. Von dort, wo sie stand, konnte sie ihren Sohn rufen hören. „Oma, kann ich schnell baden?“

Die Worte drangen auf die Veranda und Paxton kicherte tatsächlich. Wie konnte ein Mann so viel Geduld mit einem Kind haben, das nicht seines war?

Sie gab Paxton ein Zeichen, ihr hinein zu folgen. „Warum setzt du dich nicht kurz hin? Ich vermute, das wird das schnellste Bad in der Geschichte des Zubettgehens.“

„Beeil dich nicht meinetwegen.“

„Oh, vertrau mir, ich will nichts damit zu tun haben.“

Als sie oben an der Treppe ankam, war David bereits in ein Handtuch gewickelt. Sie wandte sich an ihre Mutter und sagte kein Wort, aber die Frage war offensichtlich.

Ihre Mutter zuckte mit den Schultern. „Er hat es sogar geschafft, sich hinter den Ohren zu waschen. Blitzblank.“

Eine weitere Minute verging, und David war in seinem Pyjama und rief die Treppe hinunter nach Paxton, er solle in ihr Zimmer kommen.

Als Paxton die Stufen zwei auf einmal nahm, war David bereits in das Klappbett gekrochen. Es war kaum zu übersehen, wie Paxton sich beiläufig im Zimmer umsah, wobei sein Blick am Bett und den beiden Nachttischen zu beiden Seiten hängenblieb, die mit Büchern, Cremes und was sonst noch bedeckt waren, das zwei Frauen neben ihrem Bett aufbewahrten, bevor er sich David zuwandte. „Bereit, Kumpel?"

David nickte und reichte ihm ein Buch. Die Geschichte hatte Sandra als Kind geliebt.

Paxton saß am Fußende von Davids Bett und schlug das Buch bis zum Lesezeichen auf. Seine Stimme nahm eine wunderschöne Kadenz an, als er die Seiten umblätterte und jede Stimme und jeden Klangeffekt nachahmte. Sogar Sandra hätte bei den melodischen Tönen seiner Worte einschlafen können.

Ihr Sohn kuschelte sich tiefer in die Decke, zweifellos noch müder dank Paxtons Darbietung.

Dieser Mann war ein Hauptgewinn. Die Art von Mann, die eine Frau an Ritter in glänzender Rüstung und Märchenprinzen glauben ließ. Irgendwie schien Paxton Farraday beides zu sein; allein der Gedanke daran erwärmte sie bis in die Zehenspitzen. Aber sie musste ihre Fantasie in den Griff bekommen. Es gab einfach keine Möglichkeit, dass ihre verkehrte Welt zu einem glücklichen Ende führen konnte. Ihr Blick wanderte zurück zu Paxton, der die Decke über die Schultern des schlafenden Kindes zog, während er leise flüsterte: „Schlaf gut, Kumpel." Aber andererseits, hieß es nicht, das Leben schreibt die besten Geschichten?

KAPITEL ZEHN

Sandra fast täglich mitzunehmen, war nichts Normales für Paxton. Nachdem er sie und ihren Sohn kennengelernt hatte, war er überzeugt, dass es die richtige Entscheidung gewesen war, sie für das Haus auszuwählen. Aber je besser er die erwachsene Sandra Lynn kennenlernte, desto mehr schätzte er jegliche Zeit alleine mit ihr, selbst wenn es sich dabei nur um die kurze Zeit in der Fahrerkabine seines Trucks auf der Fahrt zur Baustelle handelte. Das Haus nahm schneller Gestalt an, als sie erwartet hatten. Ursprünglich war geplant gewesen, dass die Farraday Construction Company die ganze Arbeit erledigte, aber für eine gute Sache war praktisch jeder Farraday, der einen Hammer schwingen oder eine Kreissäge bedienen konnte, für mindestens ein paar Stunden erschienen, um mit anzupacken. Noch nie waren sie dem Zeitplan so weit voraus gewesen.

„Alles okay?", fragte Sandra von der Beifahrerseite seines Trucks.

„Absolut." Er hatte in der letzten Woche viel Zeit damit verbracht, sich einfach zurückzulehnen und den Lauf der Sonne zu beobachten, um herauszufinden, welche Teile des Grundstücks im Schatten oder in der Sonne oder im Wechsel lagen. Nachdem er ein gutes Gefühl für den verfügbaren Platz und den Lichteinfall bekommen hatte, war er in der Lage gewesen, seine Ideen zu Papier zu bringen.

„Du hast kaum ein Wort gesagt, seit wir von Moms Haus weggefahren sind."

Paxton hielt vor dem Haus. Es nahm wirklich Gestalt an. Dies würde das perfekte Zuhause für Sandra und ihren Sohn werden.

Sie öffnete die Beifahrertür, stieg aus seinem Truck, drehte sich dann wieder zu ihm um und beugte sich leicht vor. „Bist du sicher, dass alles in Ordnung ist?"

Paxton holte die Pläne für die Landschaftsgestaltung hinter dem Sitz seines Wagens hervor und stieg aus. Es war ganz untypisch für ihn, aber er war nervös gewesen, Sandra Lynn wissen zu lassen, dass seine Pläne fertig waren. Er hatte hart daran gearbeitet und sein Bestes getan, um die Persönlichkeiten der neuen Hausbesitzer zu berücksichtigen, und er war stolz auf die Ergebnisse. Mehr als alles andere wollte er, dass Sandra glücklich war. In nur wenigen Wochen war sie ihm sehr wichtig geworden. „Ich muss dir etwas zeigen."

„Okay." Sie zog die Brauen hoch und ihre Stimme überschlug sich fast.

Er lächelte. „Entspann dich, es wird nicht beißen. Versprochen. Ich habe die Pläne für die Gartengestaltung hier." Er hielt sie hoch.

Ihre Augen leuchteten auf und ein Lächeln breitete sich auf ihrem Gesicht aus. „Ooh. Darf ich sie sehen?"

„Natürlich." Er zog die Papiere aus einer Rolle und legte sie auf die Motorhaube seines Wagens. „Das ist nur ein erster Entwurf. Du hast volles Vetorecht. Was auch immer dir nicht gefällt, wir können uns etwas anderes ausdenken."

„Ich weiß nicht, ob ich jemals zuvor ein Vetorecht hatte." Sie lachte. „Ich bin sicher, dass mir alle Ideen gefallen werden, die du hast."

Er hoffte es wirklich. Sie standen so nahe beieinander, dass sich ihre Arme berührten, und er holte tief Luft, während er ein Ledergewicht auf jede Ecke der Zeichnungen legte, damit sie sich nicht wieder aufrollten.

„Wow." Sie sah von links nach rechts auf das riesige Papier. „Ich kann nicht einmal Strichmännchen zeichnen. Das ist unglaublich."

So weit, so gut. Er stieß den Atem aus, der ihm im Hals stecken geblieben war, während er auf ihre erste Reaktion gewartet hatte.

Sie blinzelte und zeigte auf eine Stelle der Zeichnung. „Ich nehme also an, dass all die hübschen Farben Blumen sind?"

Er nickte.

„Erklär mir bitte alles."

„Natürlich." Die meisten Kunden verlangten Erklärungen zu seinen Plänen, aber kein früheres Projekt hatte ihm so viel bedeutet wie dieses. Er wollte Sandra und ihrem Sohn unbedingt das perfekte Zuhause geben. Erst in diesem Moment wurde ihm klar, wie sehr er wollte, dass ihr gefiel, was er im Sinn hatte. „Ich habe mein Bestes getan, um dir alles zu geben, was du dir nur wünschen kannst, ohne dabei das Budget zu sprengen."

„Danke." Sie lächelte süß. „Nicht, dass ich die Pflanzen aus eigener Tasche bezahle, aber ich weiß, dass die Vorgaben der Wohltätigkeitsorganisation ziemlich streng sind."

„Ich habe pflegeleichte Dinge ausgewählt, da ich weiß, wie beschäftigt du mit der Arbeit und David bist. Außerdem hast du ein oder zwei Mal erwähnt, dass du keinen grünen Daumen hast."

„Du hast zugehört?" Sie neigte den Kopf, um ihm in die Augen zu sehen.

„Immer." Er hörte nicht nur zu, er hatte jedes Wort in sich aufgenommen und in seinem Kopf katalogisiert.

„Sofern du doch eine Leidenschaft für Gartenarbeit entwickeln willst, könnte ich noch einige Dinge unterbringen, die etwas Aufmerksamkeit erfordern. Und wenn du etwas Besonderes möchtest, das ich hinzufügen soll, finde ich einen Weg, es zu ermöglichen."

Sie legte eine Hand auf seinen Arm. „Paxton, ich bin sicher, es ist alles perfekt. Wenn ich unerwartetes Interesse an Gartenarbeit entwickle, kann ich immer noch andere Dinge anpflanzen, sobald das Haus mir gehört."

Er blickte auf ihre zarten Finger auf seinem Arm und schluckte schwer. „Okay." Er blätterte um und zeigte auf die hintere Ecke des Grundstücks. „Wir fangen hinten an. Genau hier werden wir Goldrute und Wolfsmilchgewächse pflanzen. Das wird viele Schmetterlinge anlocken. Ich dachte, das könnte David gefallen. Oft benutze ich Feigenkaktus, um Schmetterlinge anzulocken, besonders wenn der Hausbesitzer Koch ist und Feigenkaktusmarmelade machen möchte, aber ich dachte, das wäre keine gute Idee, wenn ein lebhafter kleiner Junge herumläuft."

„Oh, das gefällt mir. Schmetterlinge sind so hübsch."

Das war es, was er hören wollte. Er hatte richtig geraten. „Die meisten dieser Sträucher hinten sind dürreresistent. Es gab hübschere Optionen, aber ich dachte, du würdest weniger Pflegeaufwand bevorzugen."

„Da hast du richtig gedacht." Sie lächelte und wandte ihre Aufmerksamkeit wieder den Papieren vor ihnen zu. „Was noch?"

Er erörterte den ein Meter achtzig hohen Holzzaun, Standard für texanische Eigenheimbesitzer, und ein paar andere Dinge, bevor er sich wieder den leeren Flächen im Hinterhof zuwandte. „Hier ist Platz für alles, was einen kleinen Jungen und seine Freunde interessiert; eine Schaukel oder ein Trampolin –"

„Oder eine Festung", unterbrach sie ihn.

„Ja." Was er sich wirklich wünschte, war, dass der Hinterhof bessere Bäume hätte, um ein niedriges Baumhaus zu bauen, das ihre Sorgen lindern und David trotzdem glücklich machen würde. Eine gute Virginia-Eiche würde ausreichen, aber in diesem Teil des Landes waren große Bäume einfach nicht so üblich. „In der Mitte des Hinterhofs gibt es viel Platz zum Spielen. Vielleicht kann ich David zu einer schönen großen Festung überreden? Besonders jetzt, wo er in der Schule ist und Freunde finden wird."

„Freunde." Sie nickte mit zusammengepressten Lippen. „Wir hatten nicht viele Freunde in Chicago."

Ihm war aufgefallen, dass David selbst nach Schulbeginn noch nicht viele Freunde gefunden hatte. Natürlich lebten viele Kinder weit draußen auf den Ranches, auch wenn Tuckers Bluff eine kleine Stadt war, die wuchs.

Sandras Augen wanderten von der Zeichnung in alle Richtung, in die er im Vorgarten zeigte, während er ihr von dem Himmelsbambus mit seinem hübschen roten Laub und der Kombination aus Stauden, Gras und Steinen erzählte.

Als er fertig war, rollte er die Papiere wieder zusammen und steckte sie zurück in die Rolle. „Also, was denkst du über all das?"

Sandra blickte sich im Garten um und sah, was Paxton sich vorgestellt hatte. Es fehlte nur noch eine Sache. Sie blickte zu ihm auf. „Meinst du, es ist Platz für einen Pfirsichbaum?"

„Wenn du einen Pfirsichbaum willst, stellen wir einen Pfirsichbaum hinein." Paxton sah zum Haus und dann wieder zu ihr. „Wo soll er stehen?"

Anstatt noch einmal nach den Plänen zu fragen, ging sie um die Ecke in den Hinterhof. Sie blieb fast genau in der Mitte des Gartens stehen, drehte sich mit ausgestreckten Armen und dachte an all die köstlichen Früchte, die sie in ein paar Jahren ernten würde. „Genau hier, Paxton."

„Genau da klingt gut."

Sie trat einige Meter nach links und drehte sich erneut um. „Fordere ich mein Glück heraus, wenn ich zwei Stück möchte?"

Das ließ ihn leise lachen. „Ich glaube nicht, dass zwei Pfirsichbäume die Bank sprengen werden."

Sie stürzte sich nach vorne und umarmte ihn fast, blieb aber mitten im Schritt stehen. Die Baustelle war kein Ort für öffentliche Liebesbekundungen, selbst wenn es nichts weiter als freundschaftliche Dankbarkeit war. Sie konnte nicht glauben, wie sich alles zusammenfügte. Sie hatte sich immer ein Haus gewünscht, Obstbäume, einen großen Garten und, wer weiß, vielleicht eines Tages einen Hund. Kleine Jungs sollten Hunde haben. Egal, wie man es drehte und wendete, all ihre Träume vom Eigenheim wurden wahr.

„Möchtest du noch mehr?"

Diesmal konnte sie nicht widerstehen. Der Mann war einfach so unglaublich. Quietschend vor Freude, sprang sie praktisch auf und ab, bevor sie ihre Arme in einer erdrückenden Bärenumarmung um seine Mitte schlang. Er war fest und warm und sie musste kämpfen, um nicht an seiner Schulter zu schmelzen.

Auf die unbeholfene Art, wie Männer es taten, wenn sie nicht wussten, was sie sonst tun sollten, klopfte er ihr auf den Rücken. Zuerst steif, aber dann, als sie sich nicht bewegte, legten sich seine Arme um sie. „Soll ich vier Bäume pflanzen?“

Als ihr klar wurde, wie peinlich es war, ihn mitten im Garten zu umarmen, ließ sie ihn widerstrebend los, trat einen Schritt zurück und sah zu ihm auf. „Es tut mir leid. Ich glaube, ich habe mich ein bisschen hinreißen lassen.“

Wie ein Laser schien sein Blick sie zu durchbohren. Nur hatte sie keine Ahnung davon, was er dachte.

„Kein Problem.“ Er schob die Hände in die Taschen. „Ich habe noch nie jemanden erlebt, der sich so sehr über einen Baum gefreut hat.“

Sie lachte. „Ich schätze, es ist albern, aber du erfüllst mir meinen Wunsch und planst tatsächlich einen Obstbaum ein.“ Vielleicht sollte so etwas Kleines sie nicht so glücklich machen, aber das tat es. Nach allem, was sie in den letzten Jahren durchgemacht hatte, würde sie die Freude genießen, wo sie sie fand. Und in Paxtons Armen schien ein sehr angenehmer Anfang zu sein.

„Habt ihr beide Spaß?“ Jamison unterdrückte ein Kichern, als er den Gehweg heraufkam.

In der Hoffnung, dass sie nicht bis zu den Zehen rot wurde, trat Sandra schnell einen Schritt zurück. „Wir reden über Bäume.“

„Bäume?“ Diesmal erstrahlte ein breites Lächeln auf Jamisons Lippen, das zu schreien schien, dass er kein Wort von dem glaubte, was sie gerade gesagt hatte.

„Was machst du hier?“ Paxton zog die Hände aus den Taschen und verschränkte die Arme.

„Ich habe ein paar Stunden frei. Dachte, ich könnte dir helfen. Es sei denn, ihr braucht keine Hilfe.“

Paxton stieß sich von dem Truck ab, an den er sich gelehnt hatte. „Je mehr, desto besser.“

Jamison stammelte tatsächlich.

„Denk nicht mal daran“, rügte Paxton seinen

Cousin.

Jamison schüttelte den Kopf und hielt die Hände in die Luft. „Ich habe kein Wort gesagt."

„Nein." Paxton bewegte sich mit fast bedrohlichem Gesichtsausdruck vorwärts. „Aber du hast daran gedacht."

Da sie wusste, wo ihre Gedanken wahrscheinlich hingegangen waren, war die Interaktion zwischen den beiden Cousins fast so faszinierend wie die Pläne für die Landschaftsgestaltung ihres neuen Hauses. Sie hatte es immer genossen, Teil des großen Farraday-Clans zu sein, aber im Moment, mit den geballten Fäusten an seiner Seite, sah Paxton aus, als würde er seinem Cousin gleich eine reinhauen. „Gentlemen", unterbrach sie ihn.

Beide Köpfe drehten sich zu ihr um.

„Haben wir keine Arbeit zu erledigen?"

Die beiden Männer nickten ihr zu.

„Ich gehe ins Haus und sehe nach, wo ich gebraucht werde." Jamison nickte Sandra zu und sauste die Vordertreppe hinauf ins Haus.

„Ich schätze, jetzt bin ich an der Reihe, mich zu entschuldigen. Manchmal sind meine Cousins kindischer als ihr Nachwuchs."

„Um einen Freund von mir zu zitieren: Keine Sorge."

Wie sie gehofft hatte, brachte ihn das zum Lächeln. Aber das Lächeln verschwand viel zu schnell und ein ernster Ausdruck überzog sein Gesicht, Sekunden bevor er nach vorne griff und dann schnell die Hände wieder in die Taschen schob. „Da morgen Samstag ist, besteht die Möglichkeit, dass ich dich überreden kann, mit mir zu Abend zu essen? So lästig Jamison auch sein kann, er betreibt ein nettes Pub."

Die ganze Luft in ihren Lungen schoss hoch und blieb in ihrer Kehle stecken. War dies ein Abendessen wie bei einem Date oder nur eines unter Freunden?

„Es tut mir leid." Er trat einen Schritt zurück. „Ich hätte nicht ..."

„Nein", unterbrach sie ihn. „Ich meine, ja. Ich würde morgen Abend gerne mit dir essen."

Ein breites Lächeln erschien und ließ seine Augen funkeln. „Großartig. Ich hole dich ab, wenn David ins Bett gegangen ist. Ist das okay?"

„Perfekt." Die Luft war wieder in ihre Lungen zurückgekehrt und ihre Wangen schmerzten vom Lächeln. Sie wusste immer noch nicht, ob das ein Date war, und hatte auch keine Ahnung, ob sie überhaupt eines wollte, aber eines wusste sie: Sie wollte unbedingt mit Paxton zu Abend essen, und sie hätte auch nichts gegen eine weitere Umarmung einzuwenden.

KAPITEL ELF

Paxton blickte sich um und sah seine Geschwister und Cousins, die sich vom Tisch erhoben und leere Teller und Gläser in die Küche trugen. Mit einer so großen und wachsenden Brut führte Tante Eileen den Haushalt effizienter als das Marine Corps. Obwohl er nie beim Militär gewesen war, versicherte sein Cousin Ethan ständig, dass die Marines seiner Tante nichts entgegenzusetzen hätten.

Owen trat neben ihn, seine Frau Connie nur ein paar Schritte hinter ihm.

„Brüderchen, wieso so still?", fragte Owen.

„Ohne Grund." Er warf seiner Tante, die neben der Spüle stand, einen Blick zu und lächelte. „Ich denke nur über die Unsterblichkeit der Krabbe nach."

„Oh, das habe ich schon mal gehört." Connie kicherte und ging an den beiden Brüdern vorbei.

In Wahrheit hatte Paxton den ganzen Tag über an Sandra und diese unerwartete Umarmung gedacht. Er konnte sich nicht erinnern, wann er sich das letzte Mal so sehr auf ein Date gefreut hatte wie auf das morgige Abendessen mit ihr.

Das Geschirr stapelte sich hoch auf der Theke, die Aufräummannschaft versammelte sich um die Spüle, räumte die Spülmaschine ein, schrubbte Töpfe, trocknete alles ab, was mit der Hand gespült worden war, und erledigte die allgemeinen Küchenreinigungsarbeiten. Der Rest der Gruppe hatte sich auf die hintere

Veranda zurückgezogen, um den Kindern beim Spielen auf den Feldern zuzusehen. Er musste das Baseballspiel organisieren, von dem er Sandra gegenüber gesprochen hatte.

„Du hast schon wieder diesen Gesichtsausdruck." Owen kam und blieb neben seinem Bruder am Geländer stehen.

Dass er so oft an Sandra denken musste, hatte Paxton aus der Fassung gebracht. So viele Dinge schwirrten ihm durch den Kopf. „Woher wusstest du, dass Connie die Eine ist?"

Owen blinzelte. „Die Eine? Eine was?"

„Du weißt schon."

„Nein. Weiß ich nicht." Owen runzelte die Stirn. „Warte. Du meinst die einzige Frau für mich?"

Paxton brachte es nicht übers Herz, ja zu sagen, und hielt seinen Blick auf den Horizont gerichtet, während er mit den Achseln zuckte.

Sein Bruder lachte leise und klopfte ihm dann auf die Schulter. „Was habe ich verpasst?"

„Nichts. Ich habe nur nachgedacht." Er war noch nicht bereit, alles mit seinem Bruder zu teilen.

„Nachgedacht." Owen seufzte und lehnte sich über das Geländer, wobei die Spitze seines Stiefels auf der unteren Querstrebe ruhte.

„Sie hatte etwas an sich, das mich anzog, und ich konnte mir nicht vorstellen, den Rest meines Lebens ohne sie zu verbringen." Owen zuckte mit den Achseln. „Auch wenn sie verdammt nervig war, wenn es um Designideen ging."

Connie kam auf die Veranda und ging zu ihrem Mann. „Wieso schaut ihr beide so ernst?"

„Wir reden über das Leben, die Freiheit und das Streben nach Glück", entgegnete Owen, ohne zu zögern.

„Komiker." Sie verdrehte die Augen.

„Entschuldige, ich konnte nicht widerstehen. Ich erzähle meinem Bruder nur, wie ich mich Hals über Kopf verliebt habe, als ich dich das erste Mal sah."

„Ohh", gurrte Connie, beugte sich zu einem schnellen Kuss vor und kicherte dann. „Vielleicht war es eher der zweite Blick."

So sehr sich Paxton auch für all seine Brüder gefreut hatte, die ihren besonderen Menschen gefunden hatten, beneidete er sie zum ersten Mal tatsächlich um ihre entspannten Beziehungen.

Connie lehnte sich zurück und lächelte ihren Mann an. „Der Kaffee wird gerade aufgebrüht. Möchtest du eine Tasse?"

„Sicher." Owen nickte, sein Blick war auf seine Frau gerichtet und seine Augen funkelten voller Glück.

Connie wirbelte herum. „Paxton, möchtest du auch eine Tasse?"

„Nein, danke."

Als Owens Frau in die Küche ging, stand Adam ein paar Meter entfernt vom Schaukelstuhl auf und stellte sich an Paxtons andere Seite. „Ich konnte nicht anders, als mitzuhören. Denkst du daran, sesshaft zu werden?"

„Das habe ich nicht gesagt. Ich war nur neugierig, woher ihr alle wusstet, dass eure Partnerin die Richtige ist?"

„Nur neugierig, was?" Adam kicherte. „Als ich Meg zum ersten Mal sah, dachte ich, sie wäre ein Engel."

„Das stimmt." Paxton schnippte mit den Fingern. „Sie war in ihrem Brautkleid am Straßenrand liegengeblieben."

„Und stur wie die Hölle." Das brachte ein Lächeln auf Adams Gesicht. Das gleiche schnulzige Lächeln, das alle seine Brüder trugen, und doch war Adam schon viel länger verheiratet.

„Da hast du es gewusst?" Paxton wollte es wirklich

verstehen.

„Nicht an jenem Tag, aber sie ist mir auf jeden Fall im Gedächtnis geblieben. Als hätte ich es schon immer gewusst, wurde mir schließlich klar, dass ich nicht ohne sie an meiner Seite leben wollte. Als ich mir nicht vorstellen konnte, mein Alltagsleben zu führen, ohne Meg zu sehen, wusste ich es."

Paxton dachte darüber nach. Er verbrachte sicherlich mehr Zeit damit, an Sandra und sogar David zu denken, als vernünftig war. Eines wusste er jedoch: Er liebte es, Sandra Lynn jeden Tag zu sehen, und der Gedanke, das zu verlieren, wenn die Bauarbeiten zu Ende waren, versetzte ihm einen unangenehmen Schlag in die Magengrube.

Offenbar hatte er ein Schild über seinem Kopf, auf dem *Verwirrter Mann* stand, denn Dale, der Mann seiner Cousine Hannah, mischte sich in das Gespräch ein. „Was bringt euch alle dazu, wie Idioten zu grinsen?"

Paxton riss seinen Blick vom Horizont los und sah seinen Bruder und seinen Cousin an. Die beiden Männer grinsten wirklich wie Idioten. Seine Gedanken wanderten zu Sandra Lynn, die im Garten um einen Pfirsichbaum herumwirbelte, und seine Mundwinkel wanderten nach oben.

„Jetzt machst du es auch." Dale ließ sich neben Paxton am Geländer nieder. „Worüber reden wir?"

„Frauen", antwortete Adam, während Owen murmelte: „Ehefrauen."

„Ah." Er sah Paxton an. „Denkst du daran, dich zu binden?"

Er schüttelte heftig den Kopf und wedelte mit der Hand, um seine Worte zu betonen. „Nein. Ich habe nur ... nachgedacht."

„Mm." Dale starrte in die Ferne. „Als ich Hannah das erste Mal sah, habe ich ihr Pferd mit meinem

Motorrad erschreckt. Als ich dann das Feuer in ihren Augen bemerkte, konnte ich sie nicht mehr vergessen."

Wieder diese ständige im Kopf Herumgeistern. Er widerstand dem Drang zu seufzen. Paxton blickte über die Schulter, als sich weitere Pärchen auf der Veranda versammelten. Die Familie schien wirklich eine Menge glücklicher Paare zu haben. Dann richtete sich sein Blick auf die Kinder, die herumliefen und spielten.

„Sie müssen ihre Energie vor dem Schlafengehen loswerden." Connor schloss sich der Gruppe an. Er hatte eine Frau mit einer kleinen Tochter geheiratet. Nicht, dass jemand, der seine Familie sah, bemerken würde, dass sie nicht seine leibliche Tochter war. Die Worte seines Cousins ließen ihn an David denken, wie er mit unendlich viel Energie im Hinterhof spielte.

„Nun ja." Adam klopfte Paxton auf die Schulter. „Halt einfach nach einem großen grauen Hund und einer Frau Ausschau, dann weißt du es."

Connor verdrehte die Augen. „Ich erinnere mich noch, als Gray Grace in Chase' Futterladen umgeworfen hat. Seitdem waren wir uns sicher."

Paxton hatte die Geschichten über den Kuppelhund gehört, aber als seine Brüder hierhergezogen waren, schienen Gray und seine Partnerin sich mit der normalen Arbeit auf der Ranch abgefunden zu haben. Andererseits würde ein kluger Hund, der auftauchte und Kuppler spielte, sein Leben vielleicht einfacher machen. Er lachte leise in sich hinein. Wem wollte er etwas vormachen? Er brauchte keinen Kuppelhund, um zu wissen, dass er Sandra Lynn als Kind sehr gemocht hatte, und dass er als Mann längst nicht mehr nur verknallt war, sondern bereits auf dem Weg, sich zu verlieben – und zwar heftig.

Ein kleiner Teil von Sandra vermisste die Zeit, als ihr Sohn ein entzückendes Kleinkind war, das in der Badewanne plantschte und wegen des Badeschaums oder schwimmenden Gummienten kicherte. Ein anderer Teil von ihr war begeistert, dass er alt genug war, um in der Wanne zu spielen, ohne dass sie über ihm wachte. Erschöpft von der Arbeit an der Shampoostation heute Morgen und auf der Baustelle heute Nachmittag war sie an diesem Tag eher dankbar für Davids wachsende Unabhängigkeit. Morgen könnte es schon wieder anders sein.

„Du siehst furchtbar müde aus." Ihre Mutter spülte einen Teller ab und stellte ihn in das Abtropfgestell. „Vielleicht sind diese Bauarbeiten zu viel für dich?"

Derselbe Gedanke war ihr auch gekommen, vor allem, wenn sie nach etwas griff und ihr Rücken schmerzte, oder letzte Woche, als sie aus Versehen auf ihren Daumen anstatt auf den Nagel gehämmert hatte. Aber wenn sie darum bitten würde, weniger zu arbeiten, würde sie Paxton nicht so oft sehen, und sie genoss ihre Zeit mit ihm wirklich. Sehr sogar. „Nein. Es ist nicht zu viel."

Ihre Mutter warf das Geschirrtuch über ihre Schulter und drehte das fließende Wasser ab. „Wenn du nicht müde bist, warum siehst du dann so ernst aus?"

„Ich denke nur nach." Sie schnappte sich einen Lappen und begann, das Geschirr abzutrocknen.

Ihre Mutter drehte sich wieder um und drehte das Wasser wieder auf. „Weißt du, alles wird gut. Das tut es immer."

„Ich weiß."

Ihre Mutter warf einen Blick in Sandras Richtung und seufzte. „Sieht nicht so aus. Erzähl mir, worum es geht?"

Sie zuckte mit den Achseln. „Ich dachte wohl, mein Leben wäre jetzt anders. Ein Ehemann,

Geschwister für David, mein eigenes Haus."

„Du bekommst das Haus."

So viel stimmte, und sie war so aufgeregt zu sehen, wie es Gestalt annahm. Neil ließ sogar einige ihrer Ideen in das Design einfließen, sodass es jetzt in jedem Badezimmer einen kleinen Wäscheschrank für Handtücher gab sowie einen Wäscheschrank im Flur, der groß genug für Kissen und Decken war. „Darüber freue ich mich, aber ich habe das Gefühl, dass mir die Zeit davonläuft."

Ihre Mutter hörte auf zu spülen und blickte aus dem Fenster in die Ferne. „Ich hätte nie gedacht, dass ich ohne deinen Vater alt werde." Sie drehte sich um. „Und versteh mich nicht falsch, ich vermisse ihn jeden Tag, aber ich habe ein schönes Leben. Es ist anders, als ich gedacht habe, aber es ist ein gutes Leben und ich bin glücklich."

Sie fühlte sich schrecklich, weil sie nicht für ihre Eltern da gewesen war, und wünschte, sie könnte so viele Dinge ändern. Sie trat näher an ihre Mutter heran und umarmte sie. „Ich liebe dich."

„Ich liebe dich auch." Ihre Mutter küsste sie auf die Wange und drehte sich wieder zum Waschbecken. „Du solltest besser nach deinem Sohn sehen, bevor er zu einer Pflaume zusammenschrumpelt."

Sie nickte, gab ihrer Mutter noch einen Kuss auf die Wange und drehte sich zur Treppe um.

„Und ein Ratschlag", rief ihre Mutter ihr zu. „Hab keine Angst vor Veränderungen. Du wirst vielleicht überrascht sein, wie glücklich du sein kannst."

Obwohl ihre Mutter Paxton nicht direkt erwähnt hatte, wusste Sandra ganz genau, dass die Frau genau darauf anspielte. Ihre Eltern waren schon auf der High School ein Paar gewesen. Ihr Vater hatte ihr mindestens hundertmal gesagt, dass Freundschaft die stärkste Grundlage für ein glückliches Leben und eine glückliche Ehe sei. Sie musste sich fragen, ob sie und Ed jemals Freunde gewesen waren oder ob sie einfach so verzweifelt dem Kleinstadtleben hatte entfliehen wollen, dass sie sich in den ersten Typen verliebte, der versprach, sie mitzunehmen. Nicht, dass es wichtig gewesen wäre. Ed war ihre Vergangenheit, jetzt musste sie ihre Zukunft planen.

David spielte noch immer in der Badewanne und machte sich glücklicherweise keine Sorgen darüber, dass seine Fingerspitzen verschrumpelt wie Rosinen waren. Sie entschied, dass ein paar Minuten mehr Spielzeit niemandem schaden würden, setzte sich auf den Boden und genoss es einfach, ihm beim Plantschen zuzusehen. Als sie das nächste Mal auf ihre Uhr blickte, waren mehrere Minuten vergangen. „Okay, David. Zeit aus der Wanne zu steigen."

Zu ihrer Überraschung bat er nicht um mehr Zeit, sondern stieg heraus und schlüpfte in das Handtuch, das sie für ihn bereithielt. Nachdem er sich abgetrocknet, seinen Pyjama angezogen und ins Bett geklettert war, gab er ihr seine Lieblingsgeschichte zum Vorlesen. „Mom?"

„Ja."

„Magst du Paxton?"

„Natürlich mag ich Paxton."

„Ich mag ihn auch."

Das brachte sie tatsächlich zum Lächeln. „Er ist ein netter Mann."

„Er spielt Fangen mit mir und ich mag es wirklich, wie er mir Gutenachtgeschichten vorliest. Sogar mehr, als wenn du mir vorliest."

„Oh, wirklich." Sie kitzelte seinen Bauch und freute sich, als er sie ankicherte.

„Wenn du ihn wirklich magst, wird er immer wieder vorbeikommen."

„Ob ich ihn mag oder nicht, hat wenig damit zu

tun, was Paxton tut. Er ist ein vielbeschäftigter Mann."

Sein Lächeln verschwand und David nickte. „Vermutlich."

„Aber solange wir unser neues Haus bauen, werden wir Paxton bestimmt noch oft sehen."

„Kann ich auch am Haus mitarbeiten? Ich weiß, wie man einen Hammer benutzt. Paxton hat es mir beigebracht."

„Oh, Süßer, Baustellen sind nicht sicher für Kinder. Sogar ich muss einen Bauhelm tragen. Aber ich bin mir sicher, dass wir sie uns, wenn die Mannschaft einmal nicht da ist, gemeinsam ansehen können. Wie klingt das?"

„Ist morgen zu früh?"

Das brachte sie zum Lachen. Das Zeitgefühl eines Kindes war ziemlich erbärmlich, aber in diesem Fall konnte sie ihrem Sohn seine Neugier nicht verübeln. „Vielleicht nicht morgen, aber ich werde mit Paxton sprechen und sehen, was wir tun können."

„Danke. Er ist nett, er wird ja sagen."

„Gute Nacht." Sie drückte ihm einen süßen Kuss auf die Wange und fragte sich, wie lange sie damit noch durchkommen würde. Dann dachte sie darüber nach, was ihr Sohn gesagt hatte. War es falsch von ihr, sich ebenfalls zu wünschen, dass Paxton weiterhin vorbeikam?

KAPITEL ZWÖLF

„Mir gefällt das Rote." Sister nickte Sandra Lynn zu.

Sissy hingegen schüttelte den Kopf. „Nein. Das Blaue. Es betont ihre Kurven, ist aber nicht so provokant wie das Rote mit dem Dekolleté bis zum Bauchnabel."

Dekolleté bis zum Bauchnabel war wahrscheinlich übertrieben, aber der Ausschnitt war viel tiefer und sie wollte Paxton keinen falschen Eindruck vermitteln. Andererseits war sie total hin und weg und wollte sich von ihrer besten Seite zeigen. Frustriert von allem in ihrem Kleiderschrank hatte sie schließlich entschieden, dass Sparen zwar gut war, aber ein neues Kleid für ein Date mit Paxton besser.

Als sie das blaue kurzärmlige Etuikleid mit dem eckigen Ausschnitt betrachtete, der nur einen Hauch von Dekolleté zeigte, entschied sie, dass Sissy wahrscheinlich recht hatte.

Als sie mit dem blauen Kleid in der hübschen rosa Tasche vom Sisters nach Hause schlenderte, wurde ihr klar, dass sie ihr Auto nicht vermisste. Ihr Wagen war so alt, dass Ned Schwierigkeiten hatte, ein letztes Ersatzteil zu finden, das er brauchte. Als sie jetzt die Main Street entlangging, überlegte sie, ob es nicht sinnvoller wäre, es einfach zu verkaufen. Sie hätte etwas zusätzliches Geld, das sie in ihren fast erschöpften Notgroschen stecken könnte. Das würde viel mehr Sinn ergeben. Natürlich war es auch hilfreich, für den Notfall ein Fahrzeug zu haben. Obwohl sie sich nichts vorstellen konnte, was ein Auto erfordern würde, war sie sich nur zu bewusst, dass das Schicksal die Leute gerne auslachte, wenn es so schien, als wäre alles in Ordnung mit der Welt.

Als sie in die Straße ihrer Mutter einbog, fiel ihr Blick sofort auf das alte viktorianische Haus, das etwas abseits vom Bordstein stand. So sehr sie es auch gehasst hatte, das Ranchleben aufzugeben, hatte sie es während der High School geliebt, in der Stadt zu leben. Hoffentlich würde ihr Sohn Tuckers Bluff lieben lernen und im Gegensatz zu ihr nicht in Versuchung geraten, als junger Erwachsener wegen Fernweh wegzugehen. Als sie das Haus ihrer Mutter erreichte, drehte sie den Türknauf und betrat das alte Gebäude. Sie erwartete, dass David durch das Haus gepoltert kommen würde, um sie zu begrüßen, und war aufs Neue überrascht, dass es so ruhig im Haus war. Sie legte das Kleid auf den Stuhl neben dem Eingangstisch und machte sich auf den Weg in die Küche, als ihre Mutter die Treppe heruntergetrabt kam und direkt an ihr vorbeieilte.

„Wo brennt es?" Sie folgte ihrer Mutter.

„David geht es nicht gut. Ich habe ihn überredet, sich ins Bett zu legen. Jetzt werde ich ihm meinen speziellen Apfelschalentee machen. Mal sehen, ob das seinen Magen beruhigt." Ihre Mutter war bereits dabei, Wasser in einen Topf zu gießen.

Sie nickte und trat einen Schritt zurück. „Ich sollte besser nach ihm sehen."

„Geh schon mal rauf. Vielleicht geht es ihm besser, wenn er seine Mutter sieht."

Auf halbem Weg die Treppe hinauf stieß ihre Mutter einen gedämpften Schrei aus, der von einer nicht gerade zimperlichen Aneinanderreihung von Worten gefolgt wurde. Sie war sich nicht sicher, wer sie mehr brauchte, und nahm an, dass ihre Mutter David höchstwahrscheinlich schön zugedeckt im Bett verstaut hatte. Andererseits hatte sie keine Ahnung, was in der Küche vor sich ging. „Alles in Ordnung?"

Mit zusammengekniffenen Augen stopfte ihre Mutter Handtücher ins Waschbecken und gab ihr Bestes, um den Ausbruch des Old Faithful zu unterdrücken. Wie aus dem berühmten Geysir schoss Wasser aus dem Waschbecken. „Was zum Teufel?"

„Stell das Wasser ab!", rief ihre Mutter, während ihr das Wasser direkt ins Gesicht spritzte.

„Oh je." Sie blieb auf der Stelle stehen. „Vorne?"

„Nein. Unter der Spüle."

Unter der Spüle? Natürlich. Umgeben von wachsenden Pfützen öffnete sie die Türen der Unterschränke und kroch praktisch auf allen Vieren unter das Waschbecken. Sie drehte zuerst das heiße Wasser ab, wobei sie betete, dass ihre Mutter sich nicht verbrühte hatte. Als das Ventil fest geschlossen war, drehte sie das blaue Ventil nach rechts, bis auch dieses fest war und das Geräusch des sprudelnden Wassers verklang. Als sie unter der Spüle hervorkam, war sie noch nie so erleichtert gewesen, kein fließendes Wasser mehr zu haben, und so dankbar, dass niemand gesehen hatte, wie sie auf allen Vieren herumgekrochen war.

Ihre Mutter stand auf und rannte bereits zum Wäscheschrank. Während Sandra ein paar trockene Geschirrtücher aus einer Schublade holte, um das Wasser aufzuwischen, das sich auf dem Boden angesammelt hatte, eilte ihre Mutter mit einem Stapel Badetücher herein.

„In solchen Momenten vermisse ich es wirklich, einen Mann im Haus zu haben."

Sandra wrang die klatschnassen Handtücher im Waschbecken aus. „Was ist passiert?"

„Keine Ahnung." Neben ihr wrang ihre Mutter ein

weiteres Handtuch aus und warf es dann wieder auf den immer noch nassen Boden. „Gerade habe ich noch Zitronenschalen in den Müllzerkleinerer gestopft und im nächsten Augenblick war überall Wasser."

In diesem Moment sprudelte das kochende Wasser im Topf auf dem Herd über.

„Gott, hört das heute gar nicht auf", seufzte ihre Mutter. Sandra stand näher am Herd und drehte den Knopf, um das Gas abzustellen. „Warum siehst du nicht nach David? Ich mache den Tee fertig und trockne dann den Rest des Bodens."

Hin- und hergerissen zwischen dem Desaster im Erdgeschoss und ihrem Sohn, dem es oben nicht gut ging, musste Sandra für den Geschmack ihrer Mutter einen Moment zu lange gezögert haben.

„Geh. Ich hole mehr Handtücher."

„Ich schaue nach David und bringe die Handtücher aus unserem Badezimmer runter."

„Klingt nach einem Plan." Ihre Mutter seufzte, während sie den Tee aus grünem Apfel und Zitronenschale in eine Tasse goss.

Sie nahm immer zwei Stufen auf einmal und erreichte ihr Zimmer gerade rechtzeitig, um David durch die geschlossene Tür würgen zu hören. „Wunderbar." Sie eilte ins Zimmer, und ihr Herz begann langsam zu klopfen, als sie den wehleidigen Gesichtsausdruck ihres Sohnes sah. Der arme Junge starrte entsetzt auf die Lache auf den Decken vor ihm. Wenigstens war der Großteil seines Schlafanzugs verschont geblieben. „Oh, Baby."

Es dauerte nicht lange, David seinen leicht verschmutzten Schlafanzug auszuziehen, ihn auf ihr Bett zu setzten – mit einem Mülleimer neben ihm – und die Laken von seinem Bett abzuziehen.

„Da bin ich." Ihre Mutter kam mit einem kleinen Tablett ins Zimmer, auf dem eine Tasse Tee und eine

Schale mit trockenen Crackern standen. „Wir trinken zuerst den Tee und wenn du hungrig wirst, können wir ein paar Cracker essen, aber frühestens in einer Stunde.“

„Du bleibst ein paar Minuten bei ihm und ich bringe die Laken runter in die Wäsche.“

„Gute Idee.“

Sie bündelte die Laken zu einem riesigen Ball zusammen und trug sie in den Armen die Treppe hinunter. Als sie noch nicht ganz unten war, klingelte es an der Tür. „Wer zum Teufel könnte das sein?“

Manche Tage zogen sich einfach, und heute war einer dieser Tage. Paxton hatte sich wie ein Teenager gefühlt, der sich auf sein erstes Date mit der ersten Cheerleaderin freute. Wenn er Sandra vorher schon nicht aus dem Sinn bekommen hatte, so war sie ihm heute, wo sie zum Abendessen ausgehen würden, ununterbrochen im Kopf herumgetanzt. Selbst als er im Stall hatte helfen müssen, hatten es nicht einmal die Pferde geschafft, Sandra aus seinen Gedanken zu verscheuchen.

Anstatt Zeit damit zu verschwenden, so zu tun, als hätte er etwas anderes Wichtiges zu tun, entschied er sich, einfach zu akzeptieren, dass er aufgeregt und sogar ein bisschen nervös war, und genauso gut gleich in die Stadt fahren konnte. Nachdem er angehalten hatte, um ein paar Blumen zu besorgen, hoffte er, dass diese ein akzeptables Friedensangebot dafür wären, dass er über eine Stunde zu früh gekommen war.

Auf ihrer Veranda zu stehen war ein verdammt schlechter Zeitpunkt, um seine Entscheidung zu überdenken. „Sei nicht dumm“, ermahnte er sich. Er konnte sich immer wieder fragen, ob es höflich oder unpassend war, zu früh zu kommen, aber er war jetzt nun mal hier, und wenn er nicht klingelte, würden die Nachbarn jeden Moment ein neues Gesprächsthema für die Gerüchteküche haben. Also holte er tief Luft, um seine Nerven zu beruhigen, und klingelte.

Als die Tür aufflog, öffnete eine erschöpfte Sandra, die mit Wäsche beladen war, den Mund und klappte ihn bei seinem Anblick wieder zu. Er war sich nicht sicher, aber er glaubte, sie stöhnen zu hören. Kein gutes Zeichen.

„Ich bin früher in die Stadt gekommen und habe gehofft, dass das in Ordnung wäre."

Sie seufzte schwer. „David hat sich übergeben, und ich muss seine Laken waschen." Das letzte Wort war kaum über ihre Lippen gekommen, als ihr die Ladung aus den Händen glitt.

„Hier." Er streckte die Hand aus. „Lass mich helfen."

„Sie sind schmutzig."

Er kicherte und nahm ihr die Wäsche ab. „Das passiert normalerweise, wenn jemand sich erbricht."

„Leg sie einfach in die Waschküche."

„Wenn du mir sagst, wo sie ist, kann ich die Wäsche waschen, während du nach David siehst."

„Mom ist bei ihm und ich kann nicht zulassen, dass du unsere Wäsche wäschst."

„Unsinn." Er lächelte. „Ich wasche Wäsche, seit ich zehn Jahre alt bin. Mom bestand darauf, dass wir es alle lernen."

„Aber ..."

„Ich schaffe das schon. Zeig mir den Weg und schau dann nach ..." seine Worte verpufften, als er durch Pfützen auf dem Boden waten musste. „Was zum Teufel ist hier passiert?"

„Gute Frage. Nach dem, was ich gesehen habe und

was Mom gesagt hat, ist der Abfluss von Dämonen besessen."

Paxton musste sich ein Lachen verkneifen. Nichts davon war zum Lachen. „Geh. Ich mache die Wäsche."

„Ich kann nicht …"

„Bitte."

Sie stieß einen tiefen Seufzer aus und ließ die Schultern hängen. „Okay. Gut. Die Waschmaschine ist da drüben." Sie zeigte auf den Flur neben der Küche und drehte sich um, um nach oben zu rennen.

Während der Stunden, die er damit verbracht hatte, sich vorzustellen, wie der Abend verlaufen würde, hatte er nicht an Wäschewaschen und die Reparatur eines besessenen Abflusses gedacht, und doch war er froh, dass er früher gekommen war. Die Wäsche war in der Waschmaschine, und er holte einen Wischmopp und einen Eimer und begann schnell, etwas von dem Dreck aufzuwischen. Er hatte die nassen Handtücher im Spülbecken ausgewrungen und sie für die nächste Ladung Wäsche auf den Trockner gelegt. Als Sandras Mutter in die Küche kam, war er gerade unter der Spüle.

„Oh je."

„Was ist los?" Sandra kam dicht hinter ihrer Mutter herein.

„Eure Spülmaschine hat einen Rückstau im Abfluss verursacht. Ich habe das Problem behoben." Er stand auf und ließ das Wasser laufen, um es schnell zu überprüfen, dann drehte er sich wieder zu der gaffenden Frau um. „Wie geht es David?"

„Schläft", sagte Sandra leise und ließ ihren Blick durch das Zimmer schweifen. Ihr Blick fiel auf ein paar Papiertüten auf dem Tisch.

„Ich dachte, da David krank ist, wirst du nicht ausgehen wollen, und da die Spüle explodiert ist, bezweifelte ich, dass irgendjemand Zeit hat,

Abendessen zu kochen. Also rief ich Jamison an und ließ ihn Corned Beef und Kohl mit extra Brot bringen."

„Du hast die Küche sauber gemacht", murmelte Sandra.

Paxton zuckte mit den Schultern. „Mom hat uns auch gezeigt, wie man einen Wischmopp benutzt."

Die Klingel ertönte und Sandra und ihre Mutter sahen in Richtung Waschküche.

„Das ist die Bettwäsche. Sie muss in den Trockner." Er ging gerade auf die Waschmaschine zu, als Sandras Mutter ihn am Arm packte.

„Ab hier übernehme ich das. Esst ihr beide." Sie lächelte ihn an. „Und danke."

„Gern geschehen."

Sandra Lynn bewegte sich langsam auf die Schränke zu, nahm drei Teller heraus und holte dann aus einer Schublade Besteck. Ihre Bewegungen waren langsam und bedächtig, und Paxton fürchtete, dass er zu weit gegangen und sie jetzt sauer auf ihn war.

„Es tut mir leid, wenn ich zu weit gegangen bin, aber es sah aus, als ob ihr Hilfe brauchtet."

Sie trug das Geschirr und das Besteck zum Küchentisch, stellte alles ab und drehte sich zu ihm um. „Ja brauchten wir. Danke."

Er wünschte, sie hätte überzeugter geklungen.

Sie platzierte langsam die Teller und legte das Besteck daneben, schüttelte den Kopf und blickte dann zu ihm auf. „Hat dir schon mal jemand gesagt, dass du ein großartiger Ritter in glänzender Rüstung wärst?"

„Kann ich nicht behaupten." Er öffnete die braunen Tüten.

„Okay." Ihre Mutter erschien in der Küche. „Die Bettwäsche ist im Trockner, die Handtücher in der Waschmaschine. Ich für meinen Teil hatte einen sehr langen Tag. Ich gehe heute Abend früh ins Bett. Ihr Kinder lasst euch das Essen schmecken."

„Fühlst du dich nicht gut?" Sorge tanzte in Sandras Augen.

„Ich bin völlig in Ordnung für jemanden, der mit einem eigensinnigen Abfluss zu kämpfen hatte. Ich habe spät zu Mittag gegessen und bin bereit für ein ausgedehntes Schläfchen."

Sandra nickte. „Schlaf gut, Mom."

„Hab dich lieb." Sie küsste ihre Tochter auf die Wange und ging nach oben.

Einen Moment später saßen sie einander gegenüber und genossen das köstliche Essen aus dem O'Faredeigh's. Paxton kam zu dem Schluss, dass ein wenig Heiterkeit angebracht war, und erwähnte die Zeit, als Tante Eileen den Kindern mit einem Schlauch hinterhergejagt war, nachdem sie gehört hatte, wie einer der älteren Cousins Worte benutzt hatte, die jeden außer einem Seemann hätten erröten lassen.

„Das war wirklich lustig." Das Funkeln kehrte in Sandras Augen zurück. „Besonders, als Adam über den schlammigen Boden rutschte. Es war, als würde man eine Show mit Stan Laurel und Oliver Hardy ansehen."

„Es war definitiv unvergesslich."

„Danke." Ihr Lächeln wurde weicher. „Du hast uns wirklich geholfen. Ich weiß das mehr zu schätzen, als du denkst."

„Ich bin froh, dass ich helfen konnte, aber es tut mir leid, dass ich nicht früher für den Abfluss hier war."

Sie schüttelte den Kopf. „Du bist gerade rechtzeitig gekommen. Nochmals vielen Dank."

„Du musst aufhören, das zu sagen. Ich war froh, dass ich helfen konnte. Aber ich möchte, dass du daran denkst, dass du mich jederzeit anrufen kannst, wenn du oder deine Mutter Probleme haben." Er nutzte die Gelegenheit und legte seine Hand auf ihre. „Ich meine es ernst."

Ihr Blick traf auf seinen. Sie schien ihn zu mustern, während sie seine Worte verarbeitete und dann schließlich nickte. „Das weiß ich."

KAPITEL DREIZEHN

Paxton stand in der Einfahrt zu dem Haus, das bald Sandra Lynns Zuhause sein würde, legte seine Werkzeuge auf die Ladefläche seines Trucks und dehnte dann seine schmerzenden Muskeln, indem er sich hin und her drehte. Ein paar der Arbeiter hatten sich krankgemeldet, also hatte er seinen Werkzeuggürtel umgeschnallt und heute mit seinen Brüdern und einigen Freiwilligen drinnen gearbeitet.

Er richtete sich auf, drehte sich zum Haus um und sah Sandra, die Hände in die Hüften gestemmt, auf dem Gehweg stehen. Sie machte ähnliche Dehnbewegungen wie er gerade, wobei sie den Blick nie vom Haus abwandte. Da er sie nicht stören wollte, lehnte er sich an seinen Wagen und genoss es, sie einen Moment lang zu bewundern. Eine Eigenschaft, die er an jedem bewunderte, war harte Arbeit, und Sandra hatte bewiesen, dass sie sehr fleißig war. Sie arbeitete nicht nur den ganzen Morgen im Friseursalon, sondern kam jeden Tag auf die Baustelle, auch wenn es nicht von ihr verlangt wurde. Danach ging sie nach Hause, um sich um ihren Sohn zu kümmern und ihrer Mutter zu helfen.

Seine Gedanken wanderten zum gestrigen Abend. Sie funktionierte so gut unter Druck. Seine Mutter hätte jeden angeschrien. Nicht, dass sie ihre Jungs nicht genauso sehr liebte wie Sandra Lynn ihren Sohn, aber seine Mutter neigte dazu, schnell genervt zu sein. Sandra Lynn blieb unter Druck vollkommen ruhig. Das hatte sie wahrscheinlich von ihrer Mutter. Die Frau war wegen des defekten Spülbeckens klatschnass gewesen und war trotzdem eingesprungen, um schnell ihrem kranken Enkel zu helfen. Er war noch nie in seinem Leben so glücklich gewesen, helfen zu können. Er hoffte nur, dass der Abfluss nicht erneut rebellierte.

Da er nicht länger unbemerkt bei seinem Truck bleiben konnte, schlenderte er zu ihr. „Was denkst du?"

Sie ließ die Hände sinken und schenkte ihm ein strahlendes Lächeln. „Es wird großartig. Sogar besser, als ich es mir vorgestellt hatte."

„Ja?" Wieso brachte ihn diese Aussage dazu, seine Brust wie der sprichwörtliche Pfau aufplustern zu wollen? Schließlich hatte er das alles ja nicht im Alleingang geschafft. „Die Construction Cousins leisten gute Arbeit."

„Ihr Farradays seid spitze. Ich glaube, dieses Haus wird besser gebaut sein als jedes andere Haus im County. Vielleicht sogar im ganzen Land."

Obwohl er und seine Brüder ein gesundes Ego hatten, war nicht einmal er bereit, so viel von sich zu halten. „So weit würde ich nicht gehen, aber es wird auf jeden Fall das beste Haus im Block sein."

„Du hast also eine bescheidene Seite. Gut, zu wissen."

Niemand hatte ihn je zuvor bescheiden genannt.

Ihr Blick wanderte zurück zum Haus. „Ed ließ mich von unserem eigenen Haus träumen, aber irgendwann wurde mir klar, dass es nur das war, ein Traum."

„Ich nehme an, dein Ex hat es gemocht, in einer Wohnung zu leben?"

„Ich vermute, was ihm wirklich gefiel, war, dass er keine Instandhaltungsarbeiten durchführen musste. Er war kein Mensch, der harte Arbeit mochte. Oder überhaupt Arbeit." Sie biss sich auf die Lippe, als hätte sie ein tiefes, dunkles Geheimnis preisgegeben.

Er war versucht, sie nach mehr über ihren Ex zu fragen, aber das wenige, was er bereits über Davids Vater wusste, gefiel ihm nicht, und er hatte Angst, dass er den Kerl erwürgen würde, wenn er mehr erfuhr. Wenn es einen Gott gab, würde Paxton nie die Chance bekommen, diesem Arsch zu begegnen.

Er wandte seine Gedanken von einem Mann ab, den er nie getroffen hatte, den er aber sehr verabscheute, und wandte sie Sandras neuem Zuhause zu. „Das Gute an einem gut gebauten neuen Haus ist, dass es keine Reparaturen benötigt, zumindest nicht in den ersten paar Jahren.“

„Ich habe mich über einfache Instandhaltung informiert. Ich habe bereits angefangen, auf Garagenverkäufen nach Rasenmähern zu suchen. Vielleicht muss ich meinen Einzugsbereich auf Butler Springs ausweiten.“

„Weißt du, hier in der Stadt gibt es viele Leute, die dir bei einfacher Instandhaltung und Wartung helfen würden.“ Er trat einen Schritt näher und widerstand dem Drang, mit dem Finger an der Seite dieses hübschen Gesichts entlangzufahren und ihr zu versprechen, dass sie sich nie wieder Sorgen um verwilderte Rasenflächen, undichte Wasserhähne oder sogar eine durchgebrannte Glühbirne machen müsste. „Das gilt auch für mich.“

Ihr Lächeln wurde weicher und ein Teil der Traurigkeit, die vor wenigen Augenblicken noch in ihrem Blick gelegen hatte, verschwand. „Danke, aber ich muss lernen, Dinge selbst zu erledigen. Ich muss David ein Vorbild sein. Ich sehe in meiner Zukunft viele YouTube-Videos.“

Paxton kicherte. „Aber die helfen nicht viel, wenn das Wasser überall herausspritzt.“

Schaudernd stöhnte sie. „Davon kann ich ein Lied

singen."

„Vielleicht müssen wir ein paar Grundkurse für Eigenheimbesitzer für dich abhalten."

Ihre Wangen erröteten und sie lächelte ihn süß an. „Das würde mir gefallen."

Er war sich nicht sicher, was er als Nächstes tun oder sagen sollte, aber er dachte, dass es sicherer wäre, sich zurückzuziehen. „Hör zu, der Tag ist etwas früh vorbei und Jamison serviert während der Happy Hour die besten Buffalo Wings. Ich meine, es ist zwar nicht das Abendessen, das ich dir schulde, aber darf ich dich trotzdem ausführen?"

Sie nickte, holte ihr Handy heraus und tippte eine SMS. Bevor sie aufschauen konnte, klingelte ihr Handy mit einer Antwort. Ein paar weitere schnelle Worte auf dem Handy und ihr Lächeln wurde breiter, als sie es wieder in ihre Tasche steckte. „Jetzt habe ich Zeit."

Das O'Faredeigh's lag auf halbem Weg zwischen der Baustelle und dem Haus ihrer Mutter. Es dauerte nur ein paar Minuten, bis er dort ankam. Er fuhr auf den Parkplatz neben der Eingangstür. Die Musik aus der Jukebox drang aus dem Pub der Familie zu ihnen. Wenn er Glück hatte, konnte er Sandra vielleicht zu einem Tanz überreden. Ein legitimer Grund, sie zu halten.

„Hey, Paxton." Jamison kam mit einer weißen Schürze um die Hüften gebunden hinter der Bar hervor. „Ich hatte nicht erwartet, dich so früh hier zu sehen. Dachte, ihr würdet noch am Haus arbeiten."

„Wir haben heute früher schlussgemacht." Sein Blick wanderte von seinem Cousin weg und suchte, wohin Sandra weitergegangen war.

„Wie läuft das Projekt?"

„Großartig. Mit all der Hilfe, die wir hatten, sind wir unserem Zeitplan weit voraus." Er bemerkte, dass Sandra an einem Tisch in der Nähe stehen blieb und mit einer Frau plauderte und lächelte. Er nahm an, dass es jemand sein musste, den sie kannte. Natürlich kannte in einer Stadt dieser Größe so ziemlich jeder jeden.

Jamison drehte den Kopf und sein Blick folgte seinem in dieselbe Richtung. „Du solltest Sandra lieber retten. Katie ist ganz nett, aber ihr Bruder ist ein ziemliches Arschloch. Er hält sich für ein Geschenk Gottes an die Frauen und nach ein paar Bieren wird er ein bisschen aufdringlich."

Aufdringlich? Paxton gefiel das überhaupt nicht. Nicht im Geringsten.

Während Sandra nicht zu Hause lebte, wirkte ihr Leben in Tuckers Bluff so weit weg und so lange her. Jetzt, wenn Leute anriefen, die sie kannte, fühlte sie sich, als hätte sie ihr Zuhause nie verlassen. Wieder einmal dankte sie dem Himmel, dass sie nach Hause zurückgekommen war. Überrascht von der Menschenmenge zu so früher Stunde entdeckte Sandra mehrere leere Tische und versuchte, den Raum zu einem in der hintersten Ecke zu durchqueren. Was sollte sie sagen, sie wollte so etwas wie Privatsphäre für ihre Zeit mit Paxton.

„Sandra, hey", Katie, eine ihrer ehemaligen Klassenkameradinnen, packte sie am Arm. „Ich habe gehört, du bist wieder in der Stadt."

Obwohl Katie nie zu ihren Lieblingsmenschen gehört hatte, lächelte Sandra die Frau an. „Hi."

„Brauchst du einen Platz? Bist du allein?" Katie schob den Kerl neben sich weg und klopfte auf den Stuhl neben sich.

Sandra warf einen Blick auf Paxton, der an der Tür mit seinem Cousin sprach. „Ich bin mit jemandem hier, aber danke der Nachfrage.“

Es dauerte einen weiteren Moment, bis sie Katies Bruder erkannte. Noch eine Person, die sie in der High School nie gemocht hatte. Ehemaliger Footballspieler. So dumm und eingebildet wie das stereotypische Bild der Sportskanonen auf der High School. Der Typ sah sich um und wandte seine Aufmerksamkeit wieder Sandra zu. Was ein Lächeln sein sollte, sah eher aus wie ein spöttisches Grinsen. „Ein Drink. Es wird lustig.“

Sie schüttelte den Kopf. „Ich möchte wirklich einen Tisch ergattern, bevor alle weg sind.“ Sie sah Katie wieder an. „Wir müssen uns ein anderes Mal treffen, um zu reden.“

„Natürlich.“ Katies Lächeln schien aufrichtig. Vielleicht hatte sie sich als netter Mensch entpuppt, aber heute Abend war nicht der richtige Zeitpunkt, das herauszufinden.

Bevor sie sich ganz vom Tisch lösen konnte, erschien Paxton an ihrer Seite und legte seine Hand auf ihren unteren Rücken. „Ich sehe da drüben einen Tisch.“

Sie nickte, winkte Katie zu, ignorierte ihren Bruder und drehte sich im Gehen zu ihm um. „Danke.“

„Wofür?“ Seine Hand lag noch immer auf ihrem Rücken, als sie sich demselben Tisch näherten, den sie vor ein paar Minuten erspäht hatte.

„Dass ich nicht länger mit Katie und ihrem Bruder reden muss.“ Wäre sie mit Ed hier gewesen, hätte er sie vollkommen ignoriert, solange er einen Drink hatte, um den er sich kümmern konnte. Sie versuchte, nicht daran zu denken, wie viel Zeit sie verschwendet hatte. Mit Paxton hier zu sein, machte es einfach, erhobenen Hauptes dazustehen und sich sicher zu fühlen.

„Jederzeit.“ Er blieb an dem kleinen Tisch stehen, zog ihren Stuhl heraus und lächelte sie an. „Das meine ich ernst.“

Irgendwie wusste sie, dass er das wirklich so meinte. „Jeden hier zu kennen, ist Teil des Preises, den man für das Leben in einer Kleinstadt zahlt. Und ich gebe offen zu, dass ich diesen Preis gerne dafür zahle, dass David einen sicheren Ort zum Aufwachsen hat. Wobei in deinem Fall die Hälfte der Leute hier wahrscheinlich mit dir verwandt ist.“

Schnell blickte er sich um und nickte. „Gut geschätzt.“

Aus der Jukebox erklang eine sanfte Melodie, und Sandra schwankte auf ihrem Sitz, während sie die Speisekarte auf dem Tisch las.

„Tanzt du immer noch gern?“

Sie öffnete plötzlich die Augen und hörte auf zu schwanken. Eine Erinnerung blitzte in ihr auf. Sie und Grace und Hannah und Becky auf der Farraday-Ranch, im Wohnzimmer. Die Musik spielte. Sie hatten alle Möbel aus dem Weg geräumt und tanzten Line Dance. Die Erinnerung brachte sie zum Kichern. „Ja, ich glaube schon.“

Eine Kellnerin kam an den Tisch. „Was kann ich euch bringen, Paxton?“

„Hey, Sara.“ Er winkte Sandra zu, anzufangen, dann bestellte er ein Getränk und Chicken Wings. „Magst du gebackene Champignons?“

Sie nickte. Ihre Mutter neckte sie oft liebevoll und nannte sie eine Kuh. *Mädchen, du isst nicht, du grast.*

Die Kellnerin ging weg und versprach, schnell mit den Getränken zurückzukommen. Er schob seinen Stuhl vom Tisch weg und streckte ihr die Hand entgegen. „Sollen wir?“

Sofort huschte ihr Blick durch den Raum. „Sonst tanzt niemand?“

Er zuckte mit den Schultern. „Jemand muss den Anfang machen.“

Richtig. Jemand. Sie wäre eine Idiotin, wenn sie nein sagen würde. Das war ihre Chance, ihm nahe zu kommen. Wirklich nahe. Unfähig, die Worte hervorzubringen, lächelte sie einfach und nickte.

Zu einem beliebten Country-Song verfielen sie in einen lockeren Texas Two-Step.

„Du bist ein guter Tänzer." Sie hätte beinahe gekichert, als er sie herumwirbelte und wieder an sich zog.

„Mom hat gesagt, das ist der beste Weg, Mädchen zu erobern. Das oder Klavierspielen lernen. Tanzen schien einfacher."

„Ich muss mir merken, David unbedingt das Tanzen beizubringen."

Er starrte sie einen langen Moment an, bevor er sie herauswirbelte und wieder zurückholte. „Du würdest alles für David tun, oder?"

„Absolut. Er ist mein Ein und Alles. Genau darum geht es beim Elternsein. Man bringt dieses hilflose Kind zur Welt, dem man beibringen muss, nicht hilflos zu sein."

Er schien über ihre Worte nachzudenken, bevor er nickte. „So habe ich noch nie darüber nachgedacht. Das drückt aus, was für eine große Verantwortung es ist, Kinder zu haben."

„Bei jeder Entscheidung, die ich treffe, muss ich an David denken, und daran, wie sie sich auf ihn auswirken wird. Wird sie sein Leben besser oder schlechter machen?"

„Ich hoffe, ich falle in die Kategorie von besser."

Ihr Lächeln wurde breiter. „Absolut. Du hast einen unglaublichen Einfluss auf ihn. Und es schadet nicht, dass er dich anbetet."

„Nein." Paxton kicherte. „Der Junge mag mich nur wegen meines Wurfarms und der Pferde."

Sie legte lachend den Kopf in den Nacken. „Das

kommt noch dazu.“

„Aber im Ernst, ich hoffe, du weißt, dass ich nie etwas tun würde, was David schaden könnte.“

Oh, wie sehr wünschte sie sich, Davids eigener Vater hätte so empfunden. David an erste Stelle zu setzen oder ihn bei irgendeiner Entscheidung zu berücksichtigen, war nicht auf dem Radar ihres Ex gewesen. „Ich weiß.“

Er drehte sie herum und schien sie ein bisschen näher an sich zu ziehen als noch einen Moment zuvor. Wenn Paxton doch in mehr Sommerferien nach Tuckers Bluff zurückgekehrt wäre. Wären sie Freunde geblieben? Wäre mehr aus ihnen geworden? Wäre David sein Sohn und nicht Eds? Hätte, wäre, sollte. Anstatt sich damit aufzuhalten, was hätte sein können oder sollen, musste sie lernen, das Hier und Jetzt zu genießen. Und von ihrem Standpunkt aus sah das Hier und Jetzt im Moment furchtbar rosig aus.

KAPITEL VIERZEHN

Das letzte, was Paxton brauchte, war das Filmteam, das heute hier war. Zumindest waren sie jetzt im Hauptschlafzimmer und filmten Sandra und Ryan dabei, wie sie die Rigipsplatten abklebten und für den Strukturputz vorbereiteten. Sandra war richtig gut darin geworden. So gut, dass Ryan ihr sogar sagte, sie könnte im Bautrupp anfangen, wenn sie jemals ihren Job im Schönheitssalon aufgeben wollte. Das brachte Paxton zum Lächeln. Die Frau war wirklich eine Klasse besser als der Rest. Das hatte er bereits gedacht, als sie noch Kinder gewesen waren, und das dachte er immer noch.

„Hast du vergessen, wie man misst?" Quinn trat neben ihn.

„Natürlich nicht."

Dunkle Brauen zogen sich zu einem Stirnrunzeln zusammen. „Also gibt es einen guten Grund, warum du die Rigipsplatten zu kurz geschnitten hast?"

„Was?" Er bohrte die letzte Schraube in die Rigipsplatte, die er gerade aufstellte, und wandte sich an seinen Bruder.

Quinn zeigte auf die Platte, die er an die Wand gelegt hatte, an der Paxton arbeitete. Die, die er als nächstes befestigen sollte. Und die, die offensichtlich nicht lang genug war, um bis zum Ende der Wand zu reichen. Wie zum Teufel war das passiert? Die viereinhalb Meter hohe Wand war dreißig Zentimeter kürzer als zwei Rigipsplatten. Er wusste das, aber irgendwie hatte er fünfzig Zentimeter im Kopf gehabt, weshalb die Platten zu kurz waren.

„Ich schätze, ich war ein bisschen abgelenkt."

„Abgelenkt?" Quinn runzelte die Stirn noch mehr. „Was ist los?"

Auf keinen Fall würde er seinem Bruder erzählen, dass er an das Abendessen und Tanzen mit Sandra gedacht hatte. Sie hatten so viel Spaß gehabt, geredet, gelacht und getanzt. Das Tanzen war natürlich sein Favorit gewesen. Ein legitimer Vorwand, um sie festzuhalten. Und als sich andere Gäste zu ihnen auf die Tanzfläche gesellt hatten, war es einfacher gewesen unterzutauchen. Wenn er die Augen schloss, konnte er Sandra fast noch in seinen Armen spüren. Und *deshalb* hatte er wahrscheinlich die Platten falsch abgemessen.

In der Ferne schaltete das Filmteam die Beleuchtung ab. Einer nach dem anderen kam lächelnd oder plaudernd aus dem hinteren Teil des Hauses, winkte Paxton im Vorbeigehen zu und warf Sandra aufmunternde Worte entgegen. Es ergab keinen Sinn, aber es störte ihn, dass alle sie so sehr zu mögen schienen.

„Denkst du über die Unsterblichkeit der Krabbe nach?" Quinn verschränkte die Arme.

„Warum ist das noch nicht fertig?" Ryan kam in den Raum, in dem er mit Rigipsplatten verkleidete Wände erwartet hatte. „Ich schätze, ich sollte besser helfen, sonst fallen wir zurück."

Kopfschüttelnd ließ Quinn die Arme sinken und drehte sich zu Ryan um. „Zeig ihm einfach nur, wie man ein Maßband benutzt."

Ryan sah von einem Bruder zum anderen. Sein Mund stand leicht offen, sein Gesicht war von völliger Verwirrung geprägt.

„Frag nicht." Paxton seufzte und lächelte Sandra an, die näher kam.

„Hey." Sie blieb vor ihm stehen.

Er widerstand dem Drang, sie zu umarmen oder ihre Hand zu nehmen oder einfach mit dem Finger über ihre weiche Wange zu fahren. Aber der Arbeitsplatz war nicht der Ort für öffentliche Liebesbekundungen. „Du siehst aus wie eine Katze, die den Kanarienvogel erwischt hat."

„So in der Art." Ihre Schultern zuckten vor Aufregung. „Meine Lizenz ist gekommen und Polly sagt, ich kann nachmittags Termine haben, da Margie, ihre normale Nagepflegerin, nur vormittags arbeitet."

Während er darüber nachdachte, was das für ihren Arbeitstag bedeutete, warf sie sich auf ihn und schlang ihre Arme um seinen Hals. Er hatte seine Arme kaum um ihre Taille geschlungen, um die Umarmung zu erwidern, als sie sich anspannte und einen Schritt zurücktrat. Ihre Wangen färbten sich zartrosa und sie senkte den Kopf. Sie blickte zu Ryan hinüber, der sich mit einer Rigipsplatte an der gegenüberliegenden Wand beschäftigte. „Tut mir leid."

Er schüttelte den Kopf. „Unsinn, das sind gute Neuigkeiten für dich." Es hatte keinen Sinn zu erwähnen, dass er sie gerne länger hätte festhalten wollen.

„Der Nachteil ist, dass ich nicht mehr jeden Tag am Haus arbeiten kann. Denkst du, das wird ein Problem sein?"

Er lehnte sich gegen den Türrahmen zurück. „Das sollte in Ordnung gehen. Du arbeitest hier schon mehr als nötig. Du hast so viele Stunden an harter Arbeit angehäuft, dass du nie wieder auftauchen könntest und trotzdem dein Haus bekommen würdest."

Ihre Augen leuchteten auf. „Seht ihr das alle so?"

„Nicht nur wir, auch die Wohltätigkeitsorganisation."

„Das ist nett, aber ich fühle mich trotzdem wie ein

Faulpelz, wenn ich gar nicht auftauche."

„Denk nicht mal daran. Alles ist in Ordnung. Aber wir werden dich vermissen."

„Wir?", neckte sie.

„Ich bin sicher, dass es allen hier Spaß gemacht hat, mit dir zu arbeiten. Ich werde dich definitiv vermissen."

„Wirklich?"

Er nickte und sein Herz machte einen Satz, als ihr Lächeln aufblühte. „Ist es schlimm von mir zu sagen, dass mich das freut?"

„Nicht einmal ein bisschen." Er schüttelte den Kopf.

„Ich werde es auch vermissen, hier zu sein."

Das ließ seine Wangen an seinen Mundwinkeln ziehen. „Das freut mich zu hören."

„Geht ihr beide wieder an die Arbeit oder wollt ihr mit dem Grinsen-Wettstreit weitermachen?", murmelte Quinn auf seinem Weg durch den Raum zur Tür, ohne langsamer zu werden oder noch etwas zu sagen.

Paxton trat weiter beiseite und überlegte kurz, sie in seine Arme zu ziehen und ihr einen dramatischen Kuss zu geben, nur um seinen mürrischen Bruder zu ärgern, aber er entschied, dass das ein Stich ins Wespennest sein würde, der nach hinten losgehen könnte. Vorerst musste er seine Hände – und Lippen – bei sich behalten.

Sandra konnte immer noch die Wärme der viel zu kurzen Umarmung von vor ein paar Minuten spüren. Sie hatte nicht vorgehabt, ihn vor allen zu umarmen, aber sie war einfach so verdammt aufgeregt gewesen. „Das bedeutet, dass ich noch mehr Geld für Möbel und so sparen kann, bis das Haus endlich fertig ist.“

„Vollzeit zu arbeiten, wird dabei sicher helfen.“

„Absolut. Und wenn ich nicht viele Termine habe, kann ich immer noch Haare waschen. Die Trinkgelder sind beim Haarewaschen zwar nicht so gut wie für Maniküre und Pediküre, aber Geld ist Geld.“

„Meine Mutter hat immer gesagt, ein bisschen von etwas ist besser als alles von nichts.“

Ihre Mutter sagte oft etwas sehr Ähnliches. Hoffentlich würde es ausreichen.

„Hey, wo ist diese sprudelnde Begeisterung von gerade geblieben?“ Er trat einen Schritt näher, schien es sich dann anders zu überlegen und wippte auf seinen Stiefelabsätzen zurück.

„Margie hat ihre Stammkunden, also muss ich mir meinen eigenen Kundenstamm aufbauen. Das kann ein bisschen dauern. Ich weiß, dass es in Tuckers Bluff nur einen Salon gibt, aber Margie morgens arbeiten zu lassen, schien bisher auszureichen.“

„Ich bin sicher, es wird klappen. Es muss sich nur herumsprechen, und alles wird gut. Du wirst schon sehen. Wann fängst du an?“

Sie sah auf ihre Uhr. „In einer Stunde.“

„Oh.“ Seine Augen weiteten sich leicht und dann erschien sein Lächeln wieder. „Hals und Beinbruch.“

Sie unterdrückte ein Kichern und lächelte ihn an. „Ich weiß nicht, ob der Spruch im Beauty-Business genauso hilft wie im Showgeschäft, aber danke.“

Mit einem schnellen Kuss auf die Wange und einem Winken zu Ryan und den anderen eilte sie für ein schnelles Mittagessen zu Hause zur Tür hinaus. Sie schlang schnell ein Erdnussbutter-Marmeladen-Sandwich hinunter und erzählte ihrer Mutter währenddessen das wenige, das sie wusste.

„Mach dir keine Sorgen. Es gibt noch viel mehr Leute in Tuckers Bluff, die sich die Nägel machen lassen wollen. Sie werden erfahren, dass Polly mehr Hilfe hat und kommen. Wie in dem Film. Wenn du es baust, werden sie kommen."

Das ließ sie beim letzten Schlucken kichern. „Paxton hat etwas Ähnliches gesagt. Aber ich möchte heute früh da sein." Sie sprang auf und küsste ihre Mutter auf die Wange. „Ich gehe. Wir sehen uns zum Abendessen."

„Es sei denn, Paxton lädt dich wieder ein", rief ihre Mutter über die Schulter.

Sie verdrehte die Augen, rannte zur Tür hinaus und hüpfte praktisch zum Salon. Zu ihrer Überraschung hatte Polly Platz für eine zweite Nagelstation gefunden. Sandra war davon ausgegangen, dass sie Margies Station benutzen würde. Zu wissen, dass sie ihren eigenen Platz hatte, machte den Tag irgendwie noch spannender. Obwohl sie keine festen Termine hatte, verstaute sie ihre Handtasche in der untersten Schublade und begann, den Tisch für ihre erste Kundin vorzubereiten.

Sie sortierte Nagelfeilen und -knipser und notierte sich ein paar Dinge, die sie gerne, anstatt dem hätte, was Polly bereitgestellt hatte. Sie nahm sich vor, ein paar Speziallacke zu bestellen, die länger hielten als gewöhnliche. Sie hatte ein paar von zu Hause mitgebracht, brauchte aber eine größere Auswahl. Nachdem sie alles vorbereitet und organisiert hatte, überlegte sie, was sie als Nächstes tun sollte, als die Klingel über der Tür ertönte.

Meg Farraday eilte durch die Tür. „Tut mir leid, dass ich etwas spät dran bin. Als ich gerade zur Tür hinausging, kam ein Gast früher zum Einchecken. Bin ich zu spät?"

Polly hielt das lange Haar einer Frau zwischen ihren Fingern und eine Schere bereit, um eine lange Locke abzuschneiden, und lächelte. „Genau rechtzeitig.“

Sandra sah die Frau an, die Adam Farraday ungefähr zur selben Zeit geheiratet hatte wie sie Ed. Der Unterschied war natürlich, dass Meg einen guten Mann geheiratet hatte und eine wunderbare und sehr glückliche Familie hatte. Sandra erwartete, dass Meg auf Polly oder eine andere Friseurin warten würde, und war überrascht, als sie sich auf den Sitz vor ihr fallen ließ.

„Meine Nägel sind das pure Chaos. Es ist so schwer, einem Kleinkind hinterherzulaufen, mich um Gäste zu kümmern und meine Nägel zu lackieren. Ich schwöre, ein paar solcher Tage und meine Nägel sehen schrecklich aus und brechen in tausend Stücke.“

Sandra zeigte auf ihre Speziallacke. „Ich habe noch nicht viele Farboptionen, aber ich werde mir bald mehr zulegen.“ In den nächsten Minuten erklärte sie die Vorteile dieses Lacks gegenüber gewöhnlichem und war mitten in der Maniküre, als Connor Farradays Frau Catherine durch die Tür kam.

Die Frau winkte Polly zu, blieb einen Moment stehen, um mit Ida Brady auf Pollys Stuhl zu plaudern, bevor sie sich strahlend den Stuhl an Margies Platz schnappte und ihn zu ihrer Schwägerin herüberzog. „Ist das nicht toll, nachmittags jemanden für eine Maniküre zur Verfügung zu haben?“

Meg beugte sich vor und betrachtete ihre Hände. „Das ist himmlisch.“

Sandra roch Lunte.

Die beiden Farraday-Frauen sprachen über Farben, Termine und Kinder, bevor sie vom Mädelsabend am Freitagabend anfingen.

„Wir hoffen wirklich, dass du irgendwann einmal kommen kannst.“ Meg bewunderte ihre Nägel und tauschte den Platz mit Catherine.

Die beiden Frauen unterhielten sich noch, als Grace

als nächste durch die Eingangstür kam. Sandra war sich sicher, dass dies kein Zufall war. In den Wochen, seit sie hier arbeitete, war keine der Frauen auch nur ein einziges Mal zum Haareschneiden gekommen, also war definitiv etwas faul daran, dass nun alle drei zur Maniküre hier waren. Oder doch eher süß und aufmerksam.

Im Gegensatz zu den anderen beiden Frauen war Grace' Nagellack noch intakt. Ihre Hände sahen glatt und frisch aus, und Sandra hätte darauf gewettet, dass ihre alte Freundin sich kürzlich die Nägel hatte machen lassen.

Mit dem schnurlosen Telefon in der Hand blieb Polly an Sandras Arbeitsplatz stehen. „Ich habe jemanden am Telefon, der heute noch einen Termin für später möchte. Hast du noch Platz oder erwartest du noch einen weiteren Kunden?"

Das hätte sie auch gern gewusst. Sie war kurz davor, Paxton anzurufen und ihn zu fragen, ob er ihr noch mehr Mitglieder seiner Familie schicken würde. „Ich glaube, ich habe Platz. Wer möchte einen Termin?"

„Eileen Farraday."

Jepp. Sie würde wirklich eine kleine Unterhaltung mit Paxton Farraday führen müssen.

KAPITEL FÜNFZEHN

Einer der Vorteile, wenn man sein eigenes Unternehmen leitete und nicht zum Bautrupp, sondern dem Landschaftsgärtnerteam gehörte, war, dass Paxton die Baustelle verlassen konnte, wann immer er wollte. In diesem Fall wollte er rechtzeitig gehen, um Sandra Lynn nach ihrem ersten Arbeitstag zu überraschen.

Er lehnte an der Wand zwischen dem Cut'N'Curl und dem neuen Bastelladen und blickte auf seine Uhr. Sie müsste jeden Moment fertig sein. Er hatte eine SMS von seiner Cousine Grace bekommen, in der stand, dass Sandra jeder Farraday, die für einen spontanen Nageltermin zur Tür hereinkam, einen komischen Blick zuwarf, auch wenn sie nichts sagte. Einen Blick, der mit jeder neuen Kundin intensiver wurde.

Daraufhin hatte er sich an Adam gewandt, damit dieser seine junge Veterinärtechnikerin als Mitarbeiterbonus auf seine Kosten vorbeischickte. Glücklicherweise lag Sandra Lynn allen Farradays am Herzen, und sie waren aufgrund ihrer Situation noch mehr daran interessiert, ihr zu helfen. Irgendwie war die Technikerin erfreut gewesen, mitzumachen, und hatte Adam überreden können, sowohl Maniküre als auch Pediküre zu übernehmen. Morgen würde er mit Brooks sprechen. Es musste eine Menge Ladies in seiner Klinik geben, denen er als Bonus eine Maniküre spendieren konnte. Aber jetzt, wo er darüber nachdachte, arbeitete Tante Eileen höchstwahrscheinlich bereits daran, jede Frau in der Stadt dazu zu bringen, Sandra Lynn zu unterstützen. Er musste heute Abend mit ihr sprechen, bevor er etwas unternahm.

Die Eingangstür öffnete sich quietschend und Sandras Stimme schallte über die Straße. „Nochmals vielen Dank, Polly. Bis morgen."

„Es war ein toller Tag, Sandra Lynn", antwortete Polly mit zufriedenem Tonfall.

„Es lief also gut?" Paxton löste sich von der Wand.

Sandra rang nach Luft und sprang einen Schritt zurück. „Hat dir nie jemand gesagt, dass du dich nicht anschleichen sollst?"

„Ich habe mich nicht angeschlichen." Er schenkte ihr sein schönstes *bin-ich-nicht-unwiderstehlich*-Lächeln.

„Aber fast." Sie schüttelte den Kopf und lächelte nicht zurück. „Du hast mir einen gehörigen Schrecken eingejagt."

„Entschuldige. Das war nicht meine Absicht. Ich wollte nur unbedingt wissen, wie dein Tag gelaufen ist und ob ich dich dazu überreden kann, mir beim Abendessen alles darüber zu erzählen?"

Sie stand immer noch vor der Tür des Salons und tippte leicht mit dem Fuß auf, während sie ihn mit einem eindringlichen Blick durchbohrte. „Unter einer Bedingung."

Er nickte.

„Du wirst mir die Wahrheit erzählen, die ganze Wahrheit und nichts als die Wahrheit."

Oh, oh. Hatte er eine Wahl? „Einverstanden."

Das Lächeln, an das er sich so gewöhnt hatte und das er so gern sah, nahm ihr Gesicht ein. „Komm. Mom hat dieses Wochenende Geburtstag und ich habe heute genug Trinkgeld verdient, um ein bisschen im Sisters einzukaufen.“

„Wirklich?“ Er hoffte, sein Gesichtsausdruck zeigte Unschuld und keine Siegesfreude.

„Du weißt verdammt gut, dass ich einen anstrengenden Tag hatte.“

„Weiß ich das?“

Sie wurde langsamer und drehte den Kopf zu ihm. „Die Wahrheit, die ganze Wahrheit und nichts als die Wahrheit.“

Er stieß einen Seufzer aus. „Okay, vielleicht hatte ich eine Ahnung, dass du etwas beschäftigt sein könntest.“

„Vielleicht?“

„Es gibt viele Leute in dieser Stadt.“

„Und alle haben heute Nachmittag plötzlich eine Maniküre gebraucht?“ Sie lächelte immer noch, also war hoffentlich jegliche Verärgerung verflogen, die sie anfangs über seine Einmischung empfunden haben mochte.

„Haben sie das?“

Wieder blieb sie wie angewurzelt stehen, stemmte die Hände in die Hüften und drehte sich zu ihm um. Ihr Schweigen schrie ihn lauter an als alle Worte.

„Okay. Ich schätze, sie haben.“

Sie lächelte wieder, beugte sich vor und küsste ihn auf die Wange. „Danke.“

„Du bist nicht böse auf mich?“

„Na ja.“ Sie wippte auf ihren Fersen zurück. „Vielleicht anfangs ein bisschen, aber es war einfacher, als alleine dazusitzen und darauf zu warten, dass jemand hereinkommt. Ich war so beschäftigt, dass ich nicht einmal beim Haarewaschen helfen konnte.“

„Gut.“ Er ging weiter zum Laden der Schwestern. „Ich weiß, wenn mehr Leute in der Stadt erfahren, dass Polly Maniküre am Nachmittag anbietet, wird das Geschäft boomen.“

„Die Farradays schienen das im Alleingang zu machen."

Das brachte ihn zum Lachen. „Nun, du musst zugeben, es gibt eine Menge von uns."

„Dem kann man nicht widersprechen. Ich verlasse Tuckers Bluff, und der Oklahoma-Clan kommt zurück, und die Hälfte davon ist verheiratet." Sie lachte leise. „Kaum zu glauben, dass so viele von uns, die als Kinder zusammen herumgerannt sind, Witze gemacht und gespielt und über alle möglichen albernen Sachen gelacht haben, nun selbst Kinder haben, die dieselben Dinge tun."

Von Zeit zu Zeit ging es ihm genauso. Immer wenn ein Haufen kleiner Kinder auf der Ranch herumlief, auch wenn keines davon seines war. Wie zum Teufel war das passiert? Wann waren sie alle erwachsen geworden? Und dann fragte er sich, ob er, Quinn und Ryan jemanden finden würden, der sie so glücklich machen würde wie seine anderen Brüder und Cousins. Kein einziger in der Gruppe hatte eine schlechte Wahl getroffen. Die ganze verdammte Familie schien so unerträglich glücklich zu sein. Etwas, das er gern sah.

Als er die Boutique erreichte, trat er zur Seite und öffnete ihr die Tür. „Da sind wir."

Mit einem strahlenden Grinsen nickte sie, sagte leise *Ja, das sind wir* und ging an ihm vorbei. Seine Brust zog sich zusammen und sein Atem stockte. So sicher er wusste, dass sein Name Paxton Farraday war, so sicher wollte er auch sein, dass ihre kurze Antwort nichts mit dem Laden, sondern nur mit ihnen zu tun hatte. Oh, wie sehr er das hoffte.

Die Klingel über der Tür der Schwestern kündigte ihre

Ankunft an. Sissy, die große rothaarige Schwester, kam eilig hinter dem Vorhang hervor. Ihr Gesichtsausdruck wirkte überraschend hart und sie marschierte wie ein Soldat, der bereit war, in die Schlacht zu ziehen. In der Sekunde, in der ihr Blick auf sie fiel, entspannten sich ihre Schultern, ihre Schritte wurden leichter und ein Lächeln erblühte. „Oh, Gott sei Dank, ihr seid es."

Besorgt warf Sandra einen schnellen Blick auf Paxton, bevor sie sich wieder zu Sissy umdrehte. „Stimmt etwas nicht? Brauchst du Hilfe?"

„Oh nein." Die Frau winkte ihnen zu. „Wir hatten gerade nur einen überaus mürrischen Kunden."

„Mürrisch ist noch nett ausgedrückt." Sister kam hinter dem Vorhang hervor. „Ich musste in meinem ganzen Leben noch nie so oft bei einem Einkauf bis zehn zählen."

„Aber, aber, Sister." Sissy klopfte ihrer Schwester auf den Arm. „Lass uns beten, dass er nur auf der Durchreise war."

„Da stimme ich zu", nickte die kleine Blondine mit der ebenso großen Frisur wie sie selbst. „Wir brauchen Leute mit dieser Einstellung in unserer Stadt genauso wenig, wie wir Löcher in unseren Köpfen brauchen."

„Soll ich Declan anrufen?" Paxtons Augen waren schmal geworden, offensichtlich so sehr um die beiden älteren Frauen besorgt, dass er seinen Cousin den Polizeichef erwähnte. Seine Sorge um andere ließ Sandras Herz höherschlagen. Egal, wie oft sie sich daran erinnerte, dass sie Freunde waren und sie sich nicht mit einem anderen Mann einlassen sollte, solche Dinge machten es ihr nur allzu leicht, sich in Paxton Farraday zu verlieben.

Beide Schwestern schüttelten den Kopf.

Sister seufzte. „Er hat zwar nichts Illegales getan, aber ich schwöre, dieser Mann hatte kein einziges nettes Wort über irgendetwas in diesem Laden zu sagen. Er hat nur über die schlechte Auswahl, die schlechte Qualität und die hohen Preise gemeckert."

„Ich habe ihm gesagt, dass wir stolz darauf sind, die besten Artikel zum niedrigst möglichen Preis anzubieten." Sissy wurde ganz rot im Gesicht, als sie die Situation noch einmal erzählte. „Aber das hat ihn nicht im Geringsten davon abgehalten, an allem, was er angefasst hat, herumzumäkeln."

„Und er hat viel angefasst." Sister war herübergekommen, um die Auslagen zu ordnen und die Artikel neu zusammenzulegen.

Sandra vermutete, dass die Artikel, die Sister ordnete, die waren, die der unangenehme Kunde angefasst und bewegt hatte. „Wenigstens ist er jetzt weg." Als sie sich zu Paxton umdrehte, ertappte sie ihn dabei, wie er am Fenster die Straße hinunterblickte.

Offenbar sah Sister das auch. „Ich bin sicher, er ist schon lange weg."

„Und wenn wir Glück haben", fügte Sissy hinzu, „ist er schon aus der Stadt und hat nicht vor, wiederzukommen."

„Trotzdem." Paxton wandte sich wieder den Frauen zu. „Das nächste Mal ist der Kunde vielleicht nicht nur gemein, sondern führt noch etwas anderes im Schilde. Ich möchte, dass du mir versprichst, Declan oder einen von uns anzurufen, wenn noch so ein Kunde kommt."

„Sei nicht albern", winkte Sissy ab.

„Bin ich nicht. Die Welt verändert sich, und nur weil Tuckers Bluff ein friedlicher, freundlicher Ort ist, heißt das nicht, dass die Gepflogenheiten der Welt uns nicht erreichen können."

Die beiden Schwestern runzelten die Stirn und pressten die Lippen zusammen. Dann nickte Sister. „Da gab es diese dummen Hundeschmuggler, die versucht haben, Valerie zu entführen, und dann diesen Vergewaltiger in Butler Springs vor nicht allzu langer

Zeit."

Sissy nickte ebenfalls. „Und denk an die Zeit, als der arme Jake Thomas seine Frau und Meg als Geiseln genommen hat. Jemand hätte getötet werden können."

Sie legte ihre Hand auf Sissys Arm und schüttelte den Kopf. „Das ist nicht dasselbe. Er hatte einen Gehirntumor. Man kann ihm nicht die Schuld dafür geben, wie sich die Welt verändert."

„Stimmt." Sissy nickte und dann, als hätte sie jemand aus ihren Gedanken gerissen, erschien ihr strahlendes Lächeln wieder. „Ich bin sicher, wir werden klarkommen, aber wir versprechen, dass wir Declan anrufen, wenn noch einmal so ein bösartiger Kunde hereinkommt."

Paxton blickte zu Sister.

Die Frau lächelte ihn an. „Wir beide sind uns einig."

„Gut." Er drehte sich zu Sandra um. Hoffentlich würde sie das Gerede von Schmugglern, Entführungen, Vergewaltigern und Geiselnahmen nicht davon abbringen, nach Tuckers Bluff zurückzuziehen. Ohne eigenes Verschulden hatte er schon einmal den Kontakt zu ihr verloren. Noch wusste er nicht viel darüber, weswegen sie nach Hause gekommen war, aber eines wusste er sicher: er wollte den Kontakt zu ihr nicht noch einmal verlieren.

KAPITEL SECHZEHN

Das leise Gemurmel der Tischgespräche im Silver Spur Café drang zu Paxton, als die altmodische Glocke über ihnen klingelte. Da es hier keine Musik gab, konnte man sich im Café besser unterhalten als im O'Faredeigh's. Vor allem das Zuhören würde hier viel einfacher sein, und das war es, was er wirklich wollte: aus erster Hand alles darüber erfahren, wie Sandras Nachmittag verlaufen war.

Abbie, die Besitzerin des Lokals und Frau seines Cousins Jamison winkte sie zu einer Sitznische auf der anderen Seite des Cafés. Dankbar für jede Gelegenheit, Sandra nahe zu sein, legte er seine Hand auf ihren Rücken und führte sie an den Tischen und Sitznischen vorbei. Natürlich erkannte die Hälfte der Gäste sie und hielt sie etwas mit höflichem Geplauder auf.

Paxton setzte sich auf die gegenüberliegende Seite der Sitznische und legte seinen Hut neben sich ab, während Sandra nach der Speisekarte griff. Die Sache mit Abbies Café war, dass die meisten Leute in der Stadt jedes Gericht kannten und deshalb keine Speisekarten benötigten. Dass Sandra nach einer griff, erinnerte ihn daran, wie lange sie weggewesen war.

„Du wirst nicht reinsehen, oder?" Sie warf ihm über die Speisekarte hinweg einen Blick zu.

„Ich habe ein paar Wochen gebraucht, um sie mir wie die anderen Einheimischen einzuprägen, aber als ich es geschafft hatte, fühlte sich alles tatsächlich mehr wie zu Hause an.“

Sandra nickte, blickte wieder auf ihre Speisekarte und sah dann wieder zu ihm auf. „Mir fällt auf, dass sich nicht viel geändert hat. Hoffentlich brauche ich keine paar Wochen, um wieder in den Kleinstadtmodus zu verfallen.“

Das gefiel ihm. Es gab eine Menge Dinge, die ihm gerade gefielen. Sandra stand ganz oben auf seiner Liste.

Abbie blieb mit ihrem Block in der Hand an der Sitznische stehen. „Wie gefällt es dir, wieder zu Hause zu sein?“

„Ich liebe es.“ Sandras Blick wanderte einen Moment zu Paxton und er hätte schwören können, dass er sie erröten sah. Hatte er etwas in ihre Antwort hineingelesen? Oder vielleicht war es nur Wunschdenken.

„Freut mich, das zu hören.“ Abbie lächelte mit demselben beruhigenden Lächeln, das alle ihre Kunden dazu brachte, gerne in dem Café zu essen. „Deine Mutter war vorhin mit deinem Sohn hier.“

„Wirklich?“

„Eisbecher nach der Schule.“

Sandra lächelte und verdrehte die Augen. „Omas muss man einfach lieben.“

„Es war schön deinen Sohn kennenzulernen. Er ist ein toller Junge.“

Sandra strahlte. „Danke.“

„Ich bin kein Experte für Kinder“, warf Paxton ein, „aber ich finde ihn auch ziemlich toll.“

„Tatsächlich?“ Sandras Brauen zogen sich zusammen.

Er nickte nur, musste sich aber fragen, warum sie so überrascht aussah.

„Ja“, grinste Abbie, „er hat mir ein paar Witze erzählt und ich habe über alle gelacht.“

„Ich wusste nicht, dass mein Sohn so ein Komiker ist“, sagte Sandra.

„Das ist er.“ Abbie tippte auf ihren Notizblock. „Also, was kann ich euch bringen?“

Paxton gab Sandra ein Zeichen, zuerst zu bestellen.

„Macht Frank immer noch den besten Cheeseburger diesseits des Mississippi?“

„Auf jeden Fall.“ Abbie nickte.

„Großartig. Cheeseburger mit Swiss Cheese und Tomaten auf Vollkornbrot. Und Süßkartoffelpommes.“

Abbie sah zu Paxton. „Ich nehme dasselbe“, entgegnete er.

Mit einem Lächeln und einem Kopfnicken verließ Abbie sie und kam sofort mit ihren Getränken zurück.

Sandra tauchte den Strohhalm in ihre Cola und wieder heraus und blickte ihm in die Augen. „Ich frage mich, woher David seinen Sinn für Humor hat?“

Die Frage kam ihm etwas seltsam vor. Sandra schien einen guten Sinn für Humor zu haben, aber sie war keine große Witzeerzählerin. „Vielleicht ist das so eine Kindersache?“

Sie zuckte mit den Schultern. „Vielleicht.“

„Ich nehme an, weder du noch sein Vater sind große Witzeerzähler?“

Sandra schüttelte den Kopf. „Ich erzähle vielleicht ab und zu ein oder zwei Witze, aber an Ed war wirklich nichts lustig.“ Sie runzelte die Stirn.

Nicht die Reaktion, die er sich gewünscht hatte. Es war ziemlich klar, dass Sandras Ex-Mann immer noch ein wunder Punkt in ihrem Leben war. Er wusste nicht, was passiert war, und wollte nicht nachbohren, weswegen er sich trotz seiner Neugier entschied, das Thema zu wechseln. „Erzähl mir von deinem Nachmittag.“

„Ich glaube, Pollys Salon braucht eine Drehtür. Ich war so ziemlich den ganzen Nachmittag beschäftigt.

Aber das weißt du ja schon."

Er lächelte nur. Er wusste, wie wichtig ihr dieser Job war, und die wenigen Frauen in der Familie, denen er es erzählt hatte, waren mehr als glücklich gewesen, einzuspringen und Sandra zu helfen.

Ein wehmütiger Ausdruck huschte über ihr Gesicht. „Ich muss zugeben, es ist schön, an einem Ort zu sein, an dem ich geschätzt werde."

Eine weitere Kellnerin erschien und brachte ihnen ihre Bestellungen. Paxton musterte Sandra Lynn, wie sie auf ihren Burger hinablächelte. Immer noch quälten ihn die Fragen über ihr Leben. Er wollte all die schmerzhaften Erinnerungen so verzweifelt auslöschen, aber er war nicht allmächtig. Was ihm nur eine Wahl ließ: ihr zu helfen, dieses Lächeln auf ihrem Gesicht zu behalten.

Er zog die Serviette über seinen Schoß und griff nach seinem Burger. „Dann klingt dein Umzug nach Hause nach einem guten Anfang."

Sie schluckte den ersten Bissen hinunter und nickte. „Als ich ein Kind war, war es schrecklich, an einem Ort aufzuwachsen, wo jeder alles über einen wusste und es unbedingt mit deinen Eltern teilen wollte. Die Welt da draußen sah so viel verlockender aus. Ich dachte, Ed wäre meine Eintrittskarte, um die Welt zu sehen. Dinge zu genießen, die es in Tuckers Bluff nicht gab. Bevor wir die Ehe beendeten, fühlte ich mich isolierter als ich es je in einer Kleinstadt könnte. Aber ich habe meine Lektion darüber gelernt, was wirklich zählt. Heute ist die Vorstellung, in einem Café zu hören, was mein Sohn gemacht hat, oder zu erfahren, dass die Neuigkeit über meinen neuen Job verbreitet wurde, enorm beruhigend."

„Ich glaube, deshalb lassen sich meine Brüder und ich lieber hier in Tuckers Bluff nieder und nicht in Oklahoma."

„Ich hoffe, es macht dir nichts aus, dass ich frage, aber warum seid ihr alle nicht mehr zu Besuch gekommen?"

Wenn das nicht die Frage aller Fragen war. Er zuckte mit den Achseln. „Wir wissen es nicht. Mom hat uns gesagt, dass wir nicht mehr willkommen sind, und wir haben ihr geglaubt. Es stellte sich heraus, dass die Familie hier keine Ahnung hatte, warum wir nicht mehr kamen."

„Das ist komisch." Sandra lehnte sich in der Sitznische zurück und knabberte an ihren letzten Pommes. „Eine Weile lang habe ich mich gefragt, ob es an mir gelegen hat." Sie hob die Hand, bevor er etwas sagen konnte. „Ich weiß, das war albern, aber so viele Leute waren so fassungslos darüber, dass deine Familie nicht mehr zu Besuch kam. Natürlich habe ich schnell begriffen, dass, was auch immer es war, viel größer als ich oder irgendjemand sonst hier sein musste."

„Ich habe meine Zeit hier geliebt. Und ich habe so viele schöne Erinnerungen an die Pferderennen über die Felder, das Ausgraben von Fröschen im Bach, das Versteckspielen. Und an dich."

Jetzt wurde ihr Lächeln so breit, dass ihre Augen funkelten. „Ich habe dich vermisst."

„Dito." Das hätte ihn eigentlich nicht so glücklich machen sollen, wie es tat, aber er spürte, wie sein Herz anschwoll und seine Wangen von seinem Lächeln zuckten.

Als Abbie die leeren Teller vom Tisch nahm, klingelte Sandra Lynns Telefon. „Entschuldige, ich muss nachsehen, ob es um David geht."

„Natürlich." Er war nicht glücklich, als ihr Lächeln verschwand und sie ihre Brauen zusammenzog, während sie ihr Telefon zurück in ihre Handtasche warf.

Er trank einen Schluck Wasser und fragte sich, ob

sie etwas sagen würde. Schwere Stille lag über ihnen und er entschied, dass es genug war. Er zog ein paar Scheine aus seiner Brieftasche, legte sie auf den Tisch und blickte Sandra an. „Sollen wir einen Spaziergang machen?"

Das Abendessen hatte genauso viel Spaß gemacht, wie alles, was sie mit Paxton unternahm. Allein seine Nähe erfüllte sie mit Zufriedenheit. Selbst als ihr Ex ihr kryptische SMS schickte, machte die Tatsache, zu wissen, dass Paxton da war, die Dinge erträglicher.

Als sie das Café verließen, hielt Paxton ihr die Tür auf und griff nach ihrer Hand. „Hast du etwas dagegen?"

Etwas dagegen? War er verrückt? Sie fühlte sich plötzlich wie mit fünfzehn, als der Anblick des süßesten Jungen in der Klasse ihren Magen dazu brachte, Purzelbäume zu schlagen, und sie jeden Abend hoffte, dass er sie nur einmal bemerkte. „Ich habe rein gar nichts dagegen."

„Ich dachte, wir gehen rüber in den Park. Es ist ein kurzer Spaziergang, aber es ist so ein schöner Abend."

Sie nickte und genoss zum ersten Mal seit langer Zeit einfach die frische Luft und die Gesellschaft. Wie lange war es her gewesen, dass sie die Gesellschaft eines Mannes genossen hatte? Sie erreichten den Park, ohne dass einer von ihnen ein Wort gesagt hatte. Die Sonne versank hinter dem Horizont und bald würden die Sterne hell am Himmel leuchten, genau wie in dem Lied.

„Sollen wir?" Er hielt immer noch ihre Hand und deutete auf die Hollywoodschaukel.

Sie nickte einmal und sie setzten sich und Paxton

stieß sie leicht an, sodass sie langsam schaukelten.

Erfreut, dass er ihre Hand nicht losgelassen hatte, drehte sie sich zu ihm um. „Danke für das Abendessen. Erneut. Aber beim nächsten Mal lade ich dich ein."

„Wir werden sehen."

Die Art, wie er dieses schiefe Grinsen aufblitzen ließ, das sie dazu zwang, zu lächeln, ließ sie wissen, dass er nicht die Absicht hatte, sie bezahlen zu lassen. Manche Leute würden diese Haltung chauvinistisch oder sogar kontrollsüchtig nennen. Sie nicht. Was sie betraf, liebte sie die gute altmodische Ritterlichkeit. Liebte es, von Paxton wie eine Lady behandelt zu werden.

Schweigend schaukelten sie mehrere Minuten, bevor Paxton sich räusperte. „Also, willst du mir von dieser SMS erzählen?"

Wollte sie? Sie brauchte einen weiteren Moment, bis ihr klar wurde, dass sie wirklich mit ihm reden wollte. „Ed."

Paxton nickte, ließ sie aber in ihrem eigenen Tempo sprechen.

„Ab und zu bekomme ich SMS, in denen er mich wegen irgendetwas angreift."

Wieder nickte er.

„Er hat wieder einmal einen Job verloren. Er hat ein paar Tage gefehlt und wurde gefeuert. Er denkt, es sei meine Schuld, weil ich gegangen bin."

„Wieso verpasst er seine Arbeit, weil du wegge-gangen bist?"

Warum war irgendetwas ihre Schuld? Was hatte es noch für einen Sinn, Ed weiter in Schutz zu nehmen? „Wenn ich nicht da bin, um ihn aufzuwecken, verschläft er den ganzen Tag. Aber das ist eigentlich egal. Für ihn war alles, was er falsch gemacht hat, immer meine Schuld."

Paxton biss nur auf seine Backenzähne. Sie hatte

das Gefühl, dass er etwas sagen wollte, sich aber zurückhielt.

„Weißt du, kurz nachdem David geboren wurde, fing Ed an, mehr zu trinken. Nicht viel. Ein paar zusätzliche Bier nach der Arbeit, um abzuschalten. Dann fing er an, Whisky zu trinken. Sagte, es helfe ihm, trotz des Babygeschreis die ganze Nacht durchzuschlafen.“

Paxton stieß einen schweren, missbilligenden Seufzer aus.

„Als David ein Kleinkind war, trank Ed von der Minute an, in der er nach Hause kam, bis er ins Bett fiel. Buchstäblich. Ich sagte mir immer wieder, dass es nicht so schlimm sei, solange er tagsüber nicht trank. Vielleicht würde Ed, wenn David nicht mehr so viel von meiner Zeit brauchte, mit dem Alkohol aufhören.“

„Ich nehme an, das ist nicht passiert?“

Dieses Mal schüttelte sie den Kopf. „Ich vermutete, dass er tagsüber etwas anderes nahm, konnte es aber nicht beweisen. Irgendwann wurde es so schlimm, dass ich ihn praktisch aus dem Bett zerren, ihm Kaffee einflößen und ihn an manchen Morgen sogar wie ein kleines Kind anziehen musste.“

Sie konnte sehen, wie Paxton ihre Worte verarbeitete, und an dem Zucken seines Kiefers erkannte sie, dass er mit sich kämpfen musste, um ruhig zu bleiben.

„Nach einigen weiteren Jahren wurde mir klar, dass mich nur mein Stolz in der Ehe hielt. Also reichte ich die Scheidung ein.“

„Und er hat nicht dagegen angekämpft?“

„Er war zu betrunken, um klar denken zu können. Aber er hat um das Sorgerecht gekämpft.“

Paxtons Augen weiteten sich.

„Ich wusste immer, dass es nicht aus Liebe zu seinem Sohn geschah, da er ihm kaum Aufmerksamkeit schenkte. Letztes Jahr, nach einem Streit wegen seines

Alkoholproblems, schnappte er sich David und stürmte aus dem Haus. Ich konnte ihn nicht aufhalten, also rief ich die Polizei. Sie unternahmen nichts. Sie erklärten mir geduldig, dass es nicht illegal sei, wenn ein Mann etwas mit seinem Sohn unternahm, auch wenn er nur etwas mit David unternahm, um sich an mir für etwas zu rächen. Ich hatte solche Angst."

„Es tut mir so leid, dass du das durchmachen musstest." Seine Hand legte sich auf ihre und gab ihr die Kraft, weiterzureden.

„Glücklicherweise stimmte der Richter dem gemeinsamen Sorgerecht nur zu, wenn Ed sich regelmäßigen Drogentests unterzog, da er einmal wegen Trunkenheit am Steuer angeklagt war und ich ausgesagt hatte, dass er betrunken mit David Auto fuhr. Als er sich weigerte, wusste ich, dass ich damit recht gehabt hatte, dass er nicht nur Alkohol konsumierte. Danach erteilte mir der Richter die Erlaubnis, nach Hause zu ziehen, auch wenn ich deswegen den Bundesstaat verlassen musste. Ed war fuchsteufelswild, obwohl ich nie verstand, warum. David war ihm egal. Ich weiß nicht, vielleicht hasst er mich wirklich so sehr, dass er mir meinen Sohn wegnehmen wollte. Aber", sie zwang sich zu einem Lächeln, „das liegt hinter uns und jetzt sind wir sicher und wohlbehalten in Tuckers Bluff."

Paxton brauchte einige Augenblicke, um Worte zu finden. „Danke."

„Wie bitte?"

„Danke, dass du mir deine Geschichte anvertraut hast."

Wenn es physisch möglich wäre, dass ein Herz schmolz, dann hätte ihres es getan. Der Mann dankte ihr. Sie war wirklich froh, dass das Schicksal es irgendwie geschafft hatte, sie und Paxton gleichzeitig nach Tuckers Bluff zurückzubringen. Zum ersten Mal seit langer Zeit hatte sie das Gefühl, dass nicht nur alles besser, sondern großartig werden würde. Und es gab nichts, was Ed Morton tun konnte, um das zu ruinieren.

KAPITEL SIEBZEHN

Paxton musste sich zusammenreißen, um nicht aufzuspringen und ein paar nette Worte über Sandras Ex zu verlieren. Das erklärte so vieles. Warum David anscheinend keine altersgerechten handwerklichen Fähigkeiten besaß, die die meisten Jungen von ihren Vätern lernten, warum das Kind keine Anzeichen dafür zeigte, dass es seinen Vater vermisste oder den Mann sehen wollte, und warum Sandra Lynn zu oft regelrecht niedergeschlagen wirkte. Ein- oder zweimal wollte er sie unbedingt fragen, ob er sie jemals in betrunkenem Zustand angefasst hatte, entschied sich aber dagegen. Er hoffte nicht, denn sonst müssten seine Brüder ihn vermutlich festbinden, damit er den Arsch nicht aufspürte und ihn in Stücke riss.

„Das war eine nette Idee." Immer noch schaukelnd starrte Sandra auf den Pavillon in der Mitte des Parks. „Die Stadt hat bei diesem Park gute Arbeit geleistet. Er hat für Kinder und Erwachsene gleichermaßen etwas zu bieten."

Da konnte er ohne weiteres zustimmen. „Sie veranstalten im Sommer Picknicks mit Bands, die im Pavillon spielen. Ich war nur bei ein paar, aber es macht einen Riesenspaß."

„Das kann ich mir vorstellen."

„Sie haben Leute, die die Kinder schminken und diese Clowns, die Luftballonpudel machen. Die Kinder lieben das. Ich wette, David hätte jede Menge Spaß."

„Ich glaube, du hast recht. Er lacht jetzt viel mehr. Das gefällt mir."

„Es tut mir leid." Das war alles, was Paxton sagen konnte.

„Es war dumm von mir, zu erwarten, dass Ed sich ändert."

Er schüttelte den Kopf. „Nicht dumm, voller Hoffnung. Immerhin hast du den Mann einmal geliebt."

„Vielleicht. Ich glaube, ich war in den Traum verliebt, den er mir versprochen hat, nicht so sehr in den Mann. Obwohl ich das damals nicht erkannt habe."

„Träume sind schwer loszulassen."

„Vermutlich, aber zum ersten Mal seit langer Zeit sieht es so aus, als würden die meisten meiner Träume wahr werden. Ein süßer Sohn, ein Haus mit einem großen Garten für ihn und ein Hund."

„Du willst einen Hund?"

Sie nickte. „Auf jeden Fall. Jeder kleine Junge braucht einen Hund."

Seine Gedanken wanderten zu Gray auf der Ranch. Ein guter Hund wie er wäre perfekt. Er musste herausfinden, ob einer von Grays Nachkommen Welpen bekam.

„Apropos." Sandra sah auf ihre Uhr. „Es wird spät. Mom macht David wahrscheinlich bettfertig, aber ich sollte trotzdem nach Hause gehen und ihm wenigstens einen Gutenachtkuss geben."

„Natürlich." Ohne zu zögern, erhob er sich. Erst als er aufgestanden war, bemerkte er, dass er Sandras Hand keinen einzigen Moment losgelassen hatte. Er liebte das Gefühl ihrer zarten Hand in seiner, aber noch mehr liebte er es, dass sie nicht einmal versucht hatte, sich von ihm loszureißen. Erst als sie seinen Truck neben dem Café erreicht hatten, ließ er sie los. Er schloss die Beifahrertür hinter ihr, umrundete schnell die Motorhaube und stieg ins Auto.

Ein kurzes Stück vom Haus ihrer Mutter entfernt klingelte ihr Telefon erneut und dasselbe besorgte Stirnrunzeln erschien.

„Schon wieder dein Ex?"

Sie nickte.

„Ist es normal, dass er sich mehrmals meldet?"

Sandra drehte den Kopf von einer Seite auf die andere. „Nein." Sie starrte noch einen Moment auf das Telefon, ließ es auf ihren Schoß fallen und ihren Kopf gegen den Sitz sinken. „Er möchte David besuchen."

Sie war schon seit Wochen hier und das war das erste Mal, dass er hörte, dass Davids Vater seinen Sohn tatsächlich sehen wollte. „Hat er schon einmal gefragt?"

„Nein." Sie nahm das Telefon wieder auf und starrte auf den Bildschirm. „Er hat sich nicht aufgeregt, als der Richter mir die Erlaubnis gab, aus dem Staat wegzuziehen. Er schien glücklich damit zu sein, die elterlichen Rechte abzugeben, um keine Unterhaltszahlungen leisten zu müssen."

„Er zahlt dir keinen Unterhalt?"

Wieder drehte sie den Kopf von einer Seite auf die andere. „Mom und ich haben darüber gesprochen und wir waren uns einig, dass es für uns besser wäre, David alleine großzuziehen, anstatt Ed zu erlauben, das Leben seines Sohnes im Austausch für finanzielle Unterstützung durcheinanderzubringen."

„Aber er will ihn trotzdem sehen?"

„So viel zum Thema kein Interesse, wenn es ihm Geld spart." Mit einem tiefen Seufzer schloss sie die Augen und ließ den Kopf gegen den Sitz sinken. „Ich schätze, ich werde Declan einen Besuch abstatten müssen."

„Declan?" Wieso brauchte sie seinen Cousin, den Polizeichef? Es sei denn, der Trottel war wirklich handgreiflich geworden.

Sie drehte den Kopf zu ihm und stieß einen weiteren langen Seufzer aus. „Eine der Besuchsbedingungen, falls Ed sich entscheiden sollte, seinen Sohn sehen zu wollen, war, dass die Treffen unter Aufsicht stattfinden müssen."

Paxton gefror das Blut in den Adern und seine Finger schlossen sich fester um das Lenkrad. „Hat er versucht, David wehzutun?"

„Abgesehen davon, dass er betrunken mit ihm im Auto gefahren ist, nicht." Sie öffnete die Augen wieder. „Ich schätze, ich kann dir genauso gut den Rest der Geschichte erzählen."

Er biss fest auf seine Backenzähne und bereitete sich auf etwas vor, was er nicht hören wollte."

„Ed wurde bei einem Polizeieinsatz erwischt. Er scheint eine Vorliebe für Mädchen im High-School-Alter zu haben. Oder zumindest für solche, die er für Teenager hält. Während der Sorgerechtsverhandlung wurde er mit einer jung aussehenden Polizistin erwischt, die Ed für eine High-School-Schülerin hielt, die, wie er es nannte, auf der Suche nach ein bisschen Spaß war."

Jede Minute häufte dieser Typ immer mehr Gründe an, warum Paxton ihn unbedingt auf eine Reise ohne Wiederkehr zum Mond schicken wollte.

„Ich muss ihm Besuche erlauben, aber sie müssen beaufsichtigt werden, und ehrlich gesagt wäre es mir lieber, wenn derjenige sicherstellen kann, dass Ed nichts Dummes tut."

„Du glaubst doch nicht, dass er ihm wehtun würde, oder?" Nicht, dass Paxton diesem Kerl nicht alles zutrauen würde. Er klang wie ein typischer kontrollsüchtiger und emotional, wenn nicht sogar körperlich misshandelnder Ehemann. Besonders, wenn es darum ging, Sandra durch ihren Sohn zu verletzen.

„Er ist ein feiger Säufer mit einem bösen Mundwerk, der denkt, David hätte unsere Ehe ruiniert. Aber trotzdem, ich glaube nicht, dass er ihm nüchtern etwas antun würde."

„Was für ein Idiot." Ups, das hatte er nicht laut sagen wollen. „Hast du Grace irgendetwas davon erzählt?"

Sie schüttelte den Kopf. „Es wäre vielleicht keine schlechte Idee, auch eine gute Anwältin dabei zu haben. Du weißt schon, nur für den Fall." Obwohl, wie er seine Familie kannte, würde vermutlich eine ganze Menge Farradays dort sein, wo auch immer David und sein Vater sich trafen, um sicherzustellen, dass der Kerl auf dem rechten Weg blieb. Einschließlich er selbst.

Sandra gefiel die Vorstellung nicht, dass zu viele Leute wussten, wie Davids Vater wirklich war. Das Letzte, was sie wollte, war, dass die Leute ihren Sohn mit ihm über einen Kamm scherten. Einen Moment lang hielt sie inne. Seit wann betrachtete sie Ed nicht mehr als ihren Ehemann – oder Ex-Ehemann –, sondern nur noch als Davids Vater?

„Sollen wir Grace anrufen?", wiederholte Paxton.

Der Mann hatte recht. Eine gute Anwältin könnte sie wirklich gebrauchen. Sie hatte den besten Anwalt engagiert, den sie sich für die Scheidung und das Sorgerecht leisten konnte, aber sie war nie ganz davon überzeugt, dass dieser Anwalt auch alles getan hatte, was er für sie hätte tun können. Obwohl sie glaubte, dass David einen Vater verdiente, war sie der festen Überzeugung, dass es für David angesichts all seiner Probleme besser wäre, den Mann nicht zu kennen, als selbst herauszufinden, was für ein Idiot sein Vater war. Paxtons Truck bog in die Straße ihrer Mutter ein und fuhr kurz darauf in die Einfahrt.

„Ich rufe Grace morgen früh an." Sie griff nach der Klinke, als der Wagen stoppte. Obwohl Ed ihr nur zweimal eine SMS geschrieben hatte, konnte sie das Gefühl nicht loswerden, dass die Dinge viel komplizierter werden würden, als sie wollte. David ging bald ins Bett und ihre Mutter hatte die Angewohnheit, früh schlafen zu gehen, weshalb der Gedanke, allein zu Hause zu sitzen und sich über Ed zu ärgern, nicht gerade verlockend war. „Willst du auf einen Kaffee oder Tee reinkommen?"

„Sehr gern." Paxton stellte den Motor ab und stieg aus. Er hatte kaum Zeit gehabt, beide Füße auf den Boden zu stellen, als die Haustür aufflog und ein aufgeregter David die Vordertreppe heruntergerannt kam.

Zu ihrer Überraschung war Paxton vorbereitet, als David in seine Arme flog. „Ich wusste, dass du mit Mom nach Hause kommst."

„Und hier bin ich. Aber in deinem Pyjama solltest du doch drinnen sein."

Das Kind wirkte einen Moment lang zerknirscht, nickte und sah Paxton dann mit einem Grinsen so breit wie der Rio Grande in die Augen. „Du trägst mich doch rein, oder?"

„Mache ich, Kumpel." In Sekundenbruchteilen, als hätte Paxton das Manöver schon viele Male geübt, drehte er David herum und nahm ihn huckepack. „Los geht's."

David kicherte vor Vergnügen, als Paxton vorgab, ein Pferd zu sein, und die Treppe hinauf ins Haus trabte.

„Du kannst ihn jetzt absetzen." Sandra wollte strenger klingen, konnte aber selbst nicht aufhören zu lächeln, weil sie sah, wie viel Spaß die beiden Jungs in ihrem Leben zu haben schienen.

„Auf mein Zimmer!", rief David mit der Autorität eines Thronfolgers.

„Euer Wunsch ist mir Befehl." Paxton hob ihn höher auf seinen Rücken.

„Warte. Du kannst ihn nicht die ganze Treppe hochschleppen." Sie legte ihre Hand auf seinen Arm und wollte David gerade einen kurzen Vortrag darüber halten, dass man die Freundlichkeit anderer nicht ausnutzen sollte und dass das Leben nicht nur Spaß und Spiel war und wer weiß, was noch, als Paxton mit einem ebenso breiten Grinsen wie ihr Sohn den Kopf zu ihr neigte.

„Klar können wir das." Mit einem Augenzwinkern und einem „Wer als Letzter oben ist, ist ein faules Ei" eilte Paxton die Treppe hinauf, dicht gefolgt von Sandra und ihrer Mutter.

Paxton folgte der Anweisung von Davids ausgestrecktem Arm, trabte in das Schlafzimmer, das der Junge mit seiner Mutter und Großmutter teilte, und ließ ihn theatralisch auf das kleine Bett fallen, bevor er neben ihm zusammenbrach und Erschöpfung vortäuschte.

„Das hat Spaß gemacht. Können wir das nochmal machen?" David kroch praktisch über Paxton, der ausgestreckt auf dem schmalen Bett lag.

„Ein andermal", sagte Sandra, bevor Paxton wieder bereit war.

„Du hast deine Mutter gehört, Kumpel." Paxton stand auf und trat einen Schritt zurück.

Dieser enttäuschte Blick, der nicht ganz an ein Schmollen heranreichte, brachte Sandra fast dazu, ihre Meinung zu ändern, als David schnell nickte und Paxton erneut lächelnd ansah. „Wirst du mir meine Gutenachtgeschichte vorlesen?"

„Klar." Paxton sah auf den Nachttisch und die Bücher, die dort hoch aufgestapelt waren. Er blätterte ein paar durch und wandte sich ihr zu, um zu fragen: „Hast du keine Kapitelbücher?"

So sehr sie es auch hasste, sie musste den Kopf schütteln. Sie hatten von zu Hause nur das mitgebracht, was in ihr Auto gepasst hatte, und sie hatten nie viel Geld für neue Bücher übriggehabt.

In Paxtons Augen tanzte eine Idee, als er sie anblickte. „Hat dein Vater nicht viel Louie L'Amour gelesen?"

„Er liebte diese Bücher." Dass ihr Vater ihr als kleines Mädchen aus seinen Lieblingsbüchern vorlas, war eine schöne Erinnerung.

„Alle in gebundener Ausgabe. Ich habe sie noch." Ihre Mutter nickte eifrig mit dem Kopf und schnippte mit den Fingern. „Das ist eine tolle Idee, ich bin gleich wieder da."

Ein paar Augenblicke später hatte sich David in die Decke gekuschelt, mit Paxton gebetet und hörte dem Mann nun zu, wie er die ersten Kapitel eines alten Westerns vorlas. Es dauerte nicht lange, und ihr Sohn war eingeschlafen.

Paxton zog eine Quittung aus der Tasche, legte sie zwischen die Seiten, die er gerade las, und klappte das Buch zu. „Deshalb haben wir zuerst gebetet. Wir schliefen immer ein, wenn Mom oder Dad uns vorlasen."

„Danke. Ich konnte sehen, dass er es wirklich liebte, zuzuhören."

„Das sind zwar keine Kinderbücher, aber sie sind spaßig und werden Wunder bewirken, wenn es darum geht, seinen Wortschatz zu erweitern."

„Nochmals, danke."

Er nickte und reichte ihr das Buch. „Wenn es dir recht ist, würde ich gerne morgen Abend vorbeikommen und die nächsten ein oder zwei Kapitel mit ihm lesen."

Und wieder einmal begann ihr Herz zu klopfen, wie es das so oft in Paxtons Gegenwart tat. Dass der Mann so viel Interesse an ihrem Sohn zeigte, mehr als sein eigener Vater, brachte sie zum Weinen. Wie gesegnet war sie, einen Mann wie ihn in ihrem Leben zu haben. *In ihrem Leben*. Sie hatte keine Ahnung, was die Zukunft für sie, Paxton oder ihren Sohn bereithielt, aber im Moment würde sie viel Geld dafür ausgeben, dass dieser Moment nie endete. Wenn das nicht dummes Wunschdenken war?

KAPITEL ACHTZEHN

Fast eine Woche war vergangen, seit Paxton und Sandra sich mit seiner Cousine Grace und seinem Cousin Declan getroffen hatten, nachdem Sandra die SMS ihres Ex-Mannes erhalten hatte. Paxton konnte sich nicht erklären, warum Davids Vater sich immer noch nicht gemeldet hatte – obwohl Sandra geantwortet hatte, dass sie einen Besuch arrangieren würde.

Paxton konnte sich nur vorstellen, dass der Mann ein noch größerer Arsch war, als Sandra beschrieben hatte. Nachdem er jeden Abend nach der Arbeit mit David an seiner Baseball-Technik gearbeitet hatte, dann mit der Familie zu Abend gegessen und David schließlich ins Bett gebracht und ihm vorgelesen hatte, wusste Paxton, dass Ed das Geschenk einer wunderbaren Familie bekommen, der Typ es aber, dumm wie er war, einfach wie den Müll von gestern weggeworfen hatte.

„Wie tief soll das Loch noch werden?" Quinn starrte auf das Loch neben der Veranda und seufzte.

Paxton riss seine Gedanken von David und Sandra und ihrem blöden Ex los und blickte auf das Loch, das er für den chinesischen Schneeflockenstrauch gegraben hatte. Er war so abgelenkt gewesen, dass er ein Loch gegraben hatte, das groß genug war, um einen kleinen Baum umzupflanzen. „Ich überlege, hier einen japanischen Ahorn einzupflanzen."

Quinn zog eine Augenbraue hoch. „Genau." Sein Bruder schüttelte den Kopf. „Willst du mir auch Strandgrundstücke in Vegas verkaufen?"

Erwischt. Warum versuchte er überhaupt, Dinge vor seinen Geschwistern zu verbergen? Sie kannten sich alle zu gut. Obwohl die besondere Verbindung zwischen ihm und seinem Zwillingsbruder Owen am stärksten war, konnten sich alle Brüder gegenseitig wie ein offenes Buch lesen. „Beim Graben bekommt man den Kopf frei."

„Wenn du weiter so gräbst, hast du bald gar nichts mehr im Kopf."

„Ha, ha." Er lächelte gezwungen.

„Im Ernst, Kumpel. Du wirst nichts reparieren können, indem du das Grundstück deiner Lady versaust."

„Sie ist nicht *meine* Lady." Nicht, dass er das nicht lieben würde, aber sein Bauchgefühl sagte ihm, dass es für Sandra wichtig war, dass er es langsam angehen ließ. Auch wenn es ihn an manchen Tagen umbrachte, war sein Plan, langsam und beharrlich zu sein.

„Genau."

„Ist sie nicht."

„Okay. Ist sie nicht. Aber das ändert nichts. Hör auf, zu viel nachzudenken und zu viel zu graben." Quinn trat näher an ihn heran. „Hör zu, alles wird gut. Declan und Grace haben das im Griff. Wenn dir die Frau wichtig ist, dann ist sie der ganzen Familie wichtig. Wir alle stehen hinter euch."

„Ich weiß." Paxton legte seine Hände auf den Schaufelstiel und nickte. „Das weiß ich zu schätzen."

Quinn zog die Schaufel unter ihm hervor. „Hol du die Pflanzen aus dem Wagen. Das Graben übernehme besser ich."

Ein Lächeln umspielte seine Wangen. Quinn war wie ein saurer Drops. Sauer von außen und süß von innen. Egal, wie schroff oder übellaunig er wirkte, die ganze Familie wusste, dass Quinn ein Herz aus Gold hatte und in einem Moment der Not als Erster an ihrer Seite sein würde.

Mit Hilfe seines Bruders hatte Paxton die beiden Sträucher gepflanzt, die die Ränder der Veranda zieren sollten, und war nun bereit, den Zwerg-Himmelsbambus zu setzen.

„Wenn das kein Anblick ist." Ryan stand mit den Händen in den Hüften auf dem Gehweg vor dem Haus und blickte von dem frisch gepflanzten Strauch zu Quinn. „Wie viel musste Pax dir zahlen, damit du die Schaufel nimmst?"

Quinn ließ sich nicht so leicht aus der Ruhe bringen und verdrehte nur die Augen. „Hör auf zu quatschen und schnapp dir die Schubkarre. Hier gibt es noch mehr zu pflanzen, und ich wette, Sandra wäre wirklich glücklich, die Vorderseite ihres Hauses fertig zu sehen, wenn sie später vorbeikommt."

„Oh." Sein neckender Gesichtsausdruck verschwand und ohne eine weitere Frage drehte sich Ryan um und suchte nach der Schubkarre. „Gib mir zwei Minuten, um den Jungs drinnen zu sagen, dass ich hier helfe. Bin gleich wieder da."

Ryan tat genau das, was Quinn gesagt hatte. Weil Sandra Paxton wichtig war, war sie auch seinen Brüdern wichtig. Ohne Fragen zu stellen, krempelte sein Bruder, der Zimmermann, die Ärmel hoch und spielte mit Erde, weil es darum ging, Sandra glücklich zu machen.

In kürzester Zeit waren alle Sträucher gepflanzt, und Paxton war gerade dabei, Mulch auszustreuen, als er ein leises Keuchen hörte. Er richtete sich zu seiner vollen Größe auf und drehte sich um. Sandra stand auf dem Bürgersteig, ihre Augen rund und ihre Hand auf ihrem Mund.

„Das ist wunderschön", murmelte sie durch ihre gespreizten Finger, die immer noch ihren Mund bedeckten. „Ich wusste, dass wir uns der Fertigstellung nähern, aber ich wusste nicht, dass wir so nahe dran waren."

Er zuckte mit einer Schulter und trat einen Schritt näher an sie heran. „Ich würde immer noch Löcher graben, wenn meine Brüder nicht mitgeholfen hätten."

„Egal, wer es getan hat. Es sieht alles so schön aus." Sie schluckte schwer. „Und heimelig. Erinnert mich an das Haus, in dem ich aufgewachsen bin."

Er hatte nicht darüber nachgedacht, aber sie hatte recht. Die traditionell anmutende Fassade des kleinen Hauses im Craftsman-Stil war tatsächlich sehr ähnlich zu dem größeren Haus, in dem sie aufgewachsen war. An den Garten konnte er sich allerdings nicht mehr so gut erinnern.

Sie ging langsam vorwärts und betrachtete die Abstände des Himmelsbambus. Näher am Gehweg standen sie enger als an den Rändern, und an den Ecken würden die ausgewachsenen Schneeflockensträucher eines Tages eine schöne Farbexplosion darstellen. „Mir fehlen die Worte."

„Worte sind nicht nötig. Dein Gesicht sagt alles."

Sie wirbelte herum, um ihn anzusehen, und schlang für einen viel zu kurzen Moment die Arme um ihn, bevor sie zurücktrat. „Das ist so viel mehr, als ich je zu träumen gewagt hatte."

„Freut mich, dass es dir gefällt."

„Ich liebe es." Sie schlug aufgeregt in die Hände. „Warte, bis David das sieht."

Paxton wollte die Freude des Augenblicks nicht zerstören und überlegte, ob er sie fragen sollte, ob sie etwas von Ed gehört hatte. Als er sah, wie ihre Augen funkelten und ihre Lippen sich zu einem süßen Lächeln verzogen, entschied er sich, es dabei zu belassen. Wenn dieser Trottel sich jemals wieder bei ihr meldete, würde sie es Paxton erzählen. Zumindest hoffte er das.

Mit jeder Woche, die verging, sah das Haus mehr und mehr wie ein Zuhause aus. Innen waren die Schränke in der Küche eingebaut worden. Am nächsten Tag waren die Waschtische im Badezimmer angepasst worden. Als die Schränke vor ein paar Tagen gestrichen und die Arbeitsplatten eingebaut worden waren, hatte sie ihren Augen nicht getraut. Aber selbst die kleinste Wohnung war, auch wenn sie nach den Maßstäben einer Fernsehrenovierungsshow umgebaut wurde, immer noch eine Wohnung. Das hier, die Pflanzen und Sträucher, die Erde und der Mulch, alles um die Veranda herum, schrie geradezu nach einem glücklichen Zuhause. „Ich kann es einfach nicht glauben."

„Bald bekommst du einen Schlüssel und alles gehört dir." Paxton stand da und lächelte sie an.

„Wie ich schon sagte, es ist fast zu schön, um wahr zu sein."

„Dann sollte ich dir vielleicht nicht zeigen, was wir hinten gemacht haben."

Ihr fiel die Kinnlade herunter und sie riss die Augen auf. Es hatte ihr die Sprache verschlagen, also nickte sie nur.

Paxton streckte ihr seine Hand entgegen und sie verschränkte glücklich ihre Finger mit seinen. Das Leben konnte nicht mehr besser werden. Nun – sie spürte, wie ihre Wangen heiß wurden – vielleicht könnte das Leben doch noch ein wenig besser werden.

Die Fliegengittertür zur hinteren Veranda schloss sich hinter ihnen, und Paxton zeigte nach rechts. Von den Dachsparren hing eine Hollywoodschaukel aus Massivholz.

„Ryan hat sie gemacht. Er sagte, jede Veranda braucht so eine."

„Ich liebe sie! Einfach perfekt. Ryan ist ein Schatz." Sie hielt immer noch seine Hand, ging hinüber und setzte sich in die Schaukel, wobei sie ihn zu sich zog.

Mit einem kurzen Stoß brachte Paxton sie zum Schaukeln.

„Das ist unglaublich. Von hier aus kann ich David beim Spielen auf der Veranda oder im Garten beobachten."

„Das war die Idee." Paxton nickte. „Wir haben überlegt, sie parallel zur Wand aufzuhängen, aber dann würde man nur den Garten sehen. Wenn man sie hier am Ende aufhängt, hat man mehr im Blick."

„Die perfekte Aussicht." Sie stieß einen zufriedenen Seufzer aus und stand auf. „Ich könnte den ganzen Tag hier sitzen, aber heute Abend ist Mädelsabend und ich bin eingeladen."

„Oh." Paxtons Lächeln verschwand. „Wo?"

„Bei Nora und Neil. Sie wohnen noch in der Wohnung über der Klinik, aber Nora wirft deinen Bruder für den Abend raus."

Laut lachend nickte Paxton. „Das würde erklären, warum Tante Eileen heute Morgen so früh gekocht hat."

„Japp. Sie erwartet eine Horde Farraday-Männer zum Abendessen und Zeit-Todschlagen." Sandra wünschte, sie könnte noch ein bisschen länger bleiben, aber ließ Paxtons Hand los und stand auf. „Es ist so ein schöner Nachmittag, ich werde rübergehen. Sehen wir uns morgen?"

Er nickte. „Morgen. Aber ich kann dich auch zu ihr fahren."

„Nein. Ich habe zu viele selbstgemachte Desserts gegessen. Der Spaziergang wird mir guttun."

Langsam ging sie durch das Haus und nahm sich Zeit, um den hübschen hellen Holzboden zu betrachten. Lange Zeit war dunkel beliebt gewesen, aber sie bevorzugte schon immer helle Böden.

Auf dem Weg zu Nora dachte sie über die Zimmer nach. Wo sie die Möbel hinstellen sollte. Welche Art von Möbeln sie brauchen würde. Wie sie Davids Zimmer einrichten würde. Vielleicht würde sie ihm bei einem Garagenflohmarkt ein Rennwagenbett besorgen. Es würde sich lohnen, nach Butler Springs zu fahren, wo mehr Angebot herrschte. Auf halbem Weg zur Klinik ertönte eine Hupe. Erst als es erneut hupte, dachte sie daran, sich umzudrehen.

Grace hatte das Tempo verlangsamt und fuhr mit heruntergelassenem Beifahrerfenster die Main Street hinauf. „Auf dem Weg zu Nora?"

„Jupp."

„Steig ein. Ich nehme dich mit."

Die paar Blocks, die noch übrig waren, hätte sie auch so geschafft, aber sie grinste ihre alte Freundin an und stieg ein. „Danke."

„Ich habe gehört, dass Toni ihre Törtchen mitbringt. Das bedeutet, dass du morgen vielleicht dein Laufpensum verdoppeln möchtest."

Sandra warf lachend den Kopf in den Nacken. „So gut?"

„Oh ja."

Das Lustige an langjährigen Kindheitsfreundschaften war, dass es, egal wie lange man sich nicht gesehen hatte, so war, als wäre überhaupt keine Zeit vergangen, wenn man wieder zusammen war. Sie lachten immer noch fröhlich, nachdem Grace geparkt hatte und sie die Treppe zur Wohnung über der Tierklinik hinaufstiegen.

„Ich habe sie darüber reden hören, in ein richtiges Haus zu ziehen." Grace trug eine Flasche Wein. „Ich glaube, das ist der Code dafür, eine Familie gründen zu wollen. Was Tante Mariah zum Ausrasten bringen wird. Texas ist dieser Frau ein Dorn im Auge."

Paxton hatte ihr ein wenig über den Bruch in der Familie erzählt, obwohl er und seine Brüder nicht wirklich verstanden, was genau der Grund gewesen war. Von drinnen konnte sie bereits lautes Lachen hören. „Klingt, als hätten sie schon eine gute Zeit."

„Immer." Grace legte gerade ihre Hand auf die Türklinke, als Sandras Telefon klingelte.

Sie erwartete, dass es Paxton war, der mit ein paar albernen Ratschlägen in letzter Minute aufwarten würde, aber als die SMS von Ed auf ihrem Bildschirm erschien, wurde ihr flau im Magen.

„Was ist los?" Grace erstarrte. „Du bist kreidebleich."

Sandra brachte es nicht übers Herz, die SMS laut vorzulesen. Stattdessen reichte sie Grace das Telefon.

„Ich verstehe, was du meinst." Grace las jedes Wort und verzog am Ende den Mund. „Also kommt er nächstes Wochenende."

„Das sagt er jetzt."

„Willst du mir damit sagen, dass er seine Meinung ändern könnte?"

„Oder es vergisst. Wenn er jetzt betrunken ist, was die Schimpfwörter erklären würde, erinnert er sich vielleicht nächste Woche nicht einmal mehr daran, dass er gesagt hat, er würde am Samstag hier sein, um David zu besuchen."

„Wenn es einen Gott im Himmel gibt, wird er nicht nur vergessen, was er gesagt hat, er wird auch euch beide vergessen und verschwinden."

„Das wird nicht so bald passieren." Sie holte tief Luft, atmete langsam aus, steckte das Telefon in ihre

Handtasche und gab ihr Bestes, um zu lächeln. „Sollen wir reingehen und Ed Morton vergessen?"

„Hört sich gut an. Aber", Grace legte ihre Hand leicht auf Sandras Schulter, „wann auch immer der Idiot auftaucht, werden wir alle bereit sein."

Das wusste Sandra Lynn und sie war verdammt dankbar dafür.

KAPITEL NEUNZEHN

Die Pläne standen. Auch wenn Paxton gehofft hatte, dass Ed Morton einfach am Horizont verschwinden und nie wiederkommen würde, hatte der Mann Sandra Lynn tatsächlich mehr als einmal kontaktiert, um zu bestätigen, dass er am Samstag eintreffen würde.

Eine Sache hatte Paxton unglaublich viel verraten. Die meisten Kinder liebten ihre Eltern, egal, welche Fehler sie hatten. Wenn ein Elternteil arbeitswütig oder einfach gleichgültig gegenüber seinem Nachwuchs war, hörten die Kinder trotzdem nie auf, auf kostbare Zeit zu zweit zu hoffen. Sie verziehen immer und hofften und erwarteten, dass es das nächste Mal anders, besser werden würde.

Nicht David. Er hatte nicht wirklich darauf reagiert, als Sandra ihm gestern gesagt hatte, dass sein Vater zu Besuch nach Tuckers Bluff kommen würde. David hatte lediglich gefragt, ob sie und Paxton auch kommen würden.

Sandra hatte ihren Sohn behandelt, als wäre er erwachsen und würde in den Krieg ziehen. Sie hatte seine Kleidung geglättet, ihm einzelne Haarsträhnen aus der Stirn gestrichen, ihm ein Eis gegeben, seine Stirn geküsst, ihm noch ein bisschen durch die Haare gekämmt und ihn noch einmal geküsst. Wenn Paxton nicht dasselbe Unbehagen dabei empfunden hätte, diesen süßen Jungen Zeit mit seinem idiotischen Vater verbringen zu lassen, hätte er ihr Verhalten amüsant gefunden.

„Kann ich ein gegrilltes Käsesandwich haben?" David setzte sich an den Küchentisch. „Ich habe Hunger."

„Oh, Süßer." Wieder strich Sandra Lynn ihm übers Haar und küsste seine Schläfe. „Du wirst mit Dad im Café zu Mittag essen."

„Gibt es dort gegrillte Käsesandwiches?"

Paxton trat neben den Jungen und legte ihm die Hand auf die Schulter. „Ich bin sicher, Frank kann alles zubereiten, was du willst."

„Okay." Der Junge grinste ihn an und Paxton fragte sich tatsächlich, wie viel Ärger sie bekommen würden, wenn er den Tag mit dem Jungen einfach irgendwo anders verbringen würde, nur nicht nach Tuckers Bluff.

„Ich weiß nicht." Sandra stand neben Paxton und sah zu, wie ihr Sohn sich am Spülbecken die Hände wusch. „Ich wünschte, ich könnte dabei sein."

„Ich weiß, aber Grace hat erklärt, dass es wichtig ist, dass man dem Mann Zeit alleine mit David lässt, damit man nicht gegen die Sorgerechtsvereinbarung verstößt."

„Es muss mir trotzdem nicht gefallen."

„Das gefällt keinem von uns, aber wir haben das im Griff. Du bist nicht allein."

Ihre Augen wanderten zu seinen, und trotz der Sorge, die in jeder ihrer Bewegungen zu sehen war, wurde ihr Blick für einen Moment sanfter, und sie lächelte ihn an. „Das ist das Beste, was du mir hättest sagen können. Ich habe das so lange alleine durchstehen müssen."

Sein Herz verkrampfte sich. „Egal, was passiert, du kannst immer auf mich zählen." Er war kurz davor, ihr zu sagen, dass er sie liebte, und dass er sich, wenn sie ihn ließe, für den Rest ihres Lebens um sie und David kümmern würde.

„Danke." Sie stieß einen tiefen Seufzer aus. „Na gut, David. Zeit, deinen Vater zu besuchen."

Ohne ein Wort zu sagen, sprang das Kind von der kleinen Trittleiter und eilte zu ihnen. „Werden wir mit deinem Truck fahren?"

„Werden wir." Paxton lächelte ihn an.

„Wenn ich groß bin, will ich auch einen Truck." David ging zur Haustür hinaus, und Paxton betete, dass der Tag besser laufen würde, als alle erwarteten.

Es dauerte nur ein paar Minuten, bis sie das Café erreichten. Ein öffentlicher Ort war Teil der Abmachung, auf die sich Ed und Sandra geeinigt hatten. Nachdem der Truck geparkt war, schlenderten sie wie an einem gewöhnlichen Tag ins Café. Aber anders als an einem gewöhnlichen Nachmittag schrie ein verärgerter Kunde eine der Kellnerinnen an: „Ein überfahrenes Tier würde besser schmecken als dieser Fraß."

Neben ihm versteifte sich Sandra, und Paxton musste nicht fragen, um zu wissen, wer diese Szene machte.

„Tut mir leid, Sir." Die Kellnerin nahm den Teller und öffnete den Mund zu einer weiteren Entschuldigung, gerade als Abbie hinzukam, das junge Mädchen anlächelte und sie zurück in die Küche schickte.

„Es tut mir leid, wenn das Essen nicht Ihren Erwartungen entsprach." Abbie machte sich nicht die Mühe zu lächeln, sie musste keine Gedanken lesen können, um zu wissen, dass es an dem wütenden Kunden verschwendet wäre.

„Dieser blöde Laden serviert nicht einmal Bier. Was für ein Restaurant serviert keinen Alkohol?"

„Wir." Abbie zuckte nicht einmal zusammen. „Vielleicht sollten Sie es im O'Faredeigh's versuchen. Deren Essen und Spirituosen könnten Ihnen vielleicht besser schmecken.“

„Geht nicht. Ich warte auf jemanden.“

Abbie sah auf und ihr Blick traf den ihres Mannes, der neben seiner Cousine Grace an der Theke saß.

Grace stand auf und nickte Declan zu, der an der Haustür gestanden hatte. Gemeinsam gingen die beiden zu Sandra. Grace nahm Davids Hand. „Sollen wir deinen Vater besuchen?“

David sah zu Paxton auf und sein Herz wurde schwer. Wie konnte Ed nur so ein Arschloch sein?

„Es ist okay. Deine Mutter und ich sitzen an einem anderen Tisch.“

Das schien den Jungen ein wenig zu beruhigen.

Der Anblick von Declan in Uniform schien bei Ed einen Schalter umzulegen. Sein Blick fiel auf David und für den Bruchteil einer Sekunde dachte Paxton, der Mann würde lächeln. Vielleicht würde alles gut verlaufen.

In der gegenüberliegenden Ecke des Cafés entschied sich Paxton, neben Sandra anstatt ihr gegenüber zu sitzen. Mit dem Rücken zum Fenster konnten sie alles, was an Eds und Davids Tisch passierte, leicht sehen, auch wenn sie nichts hören konnten. Natürlich saßen Declan und Grace am Tisch direkt neben Ed und David. Später würde Paxton sie über das Gespräch zwischen Vater und Sohn ausfragen.

Sie bestellten etwas zu essen, aber rührten ihr Essen kaum an, während sie den Tisch vor ihnen aufmerksam im Auge behielten. Irgendwann musste David etwas gesagt haben, was Ed nicht gefiel, denn er packte seinen Sohn fest am Arm. Sandra rang nach Luft und Paxton biss fest auf seine Zähne, aber als Declan seinen Stuhl zurückschob, ließ Ed glücklicherweise los und lächelte diesmal tatsächlich.

Das einzig Tröstliche in diesem Moment war, dass mehrere andere Stühle im Restaurant im selben

Augenblick über den Boden kratzten. Adam war aufgestanden und seine Frau zog an seinem Arm, damit er sich wieder setzte. Paxton wusste genau, wie sich sein Cousin fühlte. Stillsitzen und nur zusehen zu können, brachte ihn um. Es musste etwas gegen Ed Morton unternommen werden.

„Wird dieser Tag jemals enden?" Sandra hielt ihren Blick auf ihren Sohn gerichtet. Die Zeit kroch im Schneckentempo dahin.

Ein Teil von Paxton wollte, dass Ed irgendetwas versuchte, das sie gegen ihn verwenden könnten, um ihn von David fernzuhalten. Ein klügerer Teil von ihm wusste aber, dass es das Beste für David war, wenn Eds Besuch den rechten Weg ging.

„Riechst du etwas?" Sandra schnüffelte in der Luft. „Glaubst du, Frank verbrennt jemandem das Gericht?"

Für Paxton roch der beißende Duft nicht nach angebranntem Essen. Er sah sich um und suchte nach etwas Ungewöhnlichem. Ein paar weitere Minuten vergingen und der Geruch wurde stärker. Declan musste ihn ebenfalls bemerkt haben, da er aufstand und in Richtung des hinteren Teils des Cafés ging. Als er die Toiletten erreichte, schaute er erst nach links und dann nach rechts. Gerade als er nach oben sah, ertönte eine laute Sirene. Jemand rief: „Feuer!" Augenblicklich scharrten Stühle über den Holzfußboden, und gedämpftes, von Panik durchzogenes Gemurmel drang durch das Café. Einen Moment später gingen die Sprinkler an der Decke an und überschütteten alle mit Wasser. Die kontrollierte Panik verwandelte sich augenblicklich in totales Chaos, als die Leute sich von den Tischen wegdrückten, aus den Sitznischen rutschten und in einem Wettrennen zur Eingangstür gegeneinanderstießen. Alle außer Ed und David. Von ihnen war nichts zu sehen.

Obwohl Declan und auch Grace neben Ed und David gesessen waren, fuhr Panik in jede Faser von Sandras Körper, als der Alarm losging und Sandra ihren Sohn aus den Augen verlor. Ihr Baby. „Wo ist er?"

„Ich sehe ihn nicht." Paxtons Hand landete auf ihrem unteren Rücken, während er sie durch die Leute und den zunehmenden Rauch manövrierte, der das Café füllte. „Wir werden ihn finden."

Sofort piepte Paxtons Telefon. „Grace hat Blickkontakt verloren."

Noch ein Piepen, diesmal von Adam. „Nicht in Adams und Megs Nähe."

Das Telefon begann, mit eine Nachricht nach der anderen zu piepen. Sandra war so darauf konzentriert gewesen, David und seinen Vater im Auge zu behalten, dass sie all die Farradays nicht bemerkt hatte, die im Lokal verstreut gewesen waren. Tante Eileen und der Ladies-Club waren in der Nähe der Tür gesessen und verteilten sich nun entlang der Main Street. Wie hatte sie Brooks und seine Frau im Restaurant oder Connor und Catherine auf dem Parkplatz nicht bemerken können?

Nora und Neil waren an der Küchentür gesessen. „Hinten war niemand zu sehen."

„Wo ist er?" Sie wollte nicht wie eine verrückte, verzweifelte Mutter klingen, aber sie war kurz davor, den Verstand zu verlieren. „Wie weit kommt Ed mit ihm?"

„Nicht sehr weit." Als sie endlich draußen waren, war die Straße von Feuerwehrwagen und Polizeiautos blockiert. Paxton stand neben Connor und blickte die Straße hinauf und hinunter. „Reed hat sein Auto im Auge behalten."

„Wirklich?“ Sie wusste nicht einmal, was für ein Auto ihr Ex jetzt fuhr, woher wussten es alle anderen?

„Wir haben eine Peilung für ihren Standort.“ Paxton starrte auf sein Telefon.

„Peilung?“ Jetzt war Sandra völlig verwirrt.

Paxton nickte und blickte immer noch auf das Telefon hinab. „Ich habe einen Peilsender in Davids Rucksack gesteckt. Die Polizei überwacht ihn.“

„Warum hast du das getan?“ Die Worte waren kaum über ihre Lippen gekommen, als ihr klar wurde, was für eine dumme Frage das war. Paxton war kein Idiot. Natürlich war ihm klar, dass man ihrem Ex nicht trauen konnte. „Vergiss es. Danke.“

„Ich würde gerne die Lorbeeren dafür einheimsen, aber es war Declans Idee. Ich habe nur bei der Logistik geholfen.“ Er starrte noch ein paar Augenblicke auf den Bildschirm, dann sah er zum Café. „Das Feuer ist in dem Mülleimer auf der Damentoilette gelegt worden.“

„Die Damentoilette? Aber ich habe Ed nicht aufstehen sehen, geschweige denn in die Damentoilette gehen.“ Das ergab für sie keinen Sinn. „Glaubst du, das Feuer hat nichts mit Ed zu tun?“

„Nie im Leben.“ Er griff nach ihrer Hand. „Komm schon. Der Rucksack ist gleich die Straße rauf.“

Er musste sie nicht zweimal bitten. Sie verschränkte ihre Finger mit seinen und lief los, um mit seinen langen Schritten mitzuhalten. Zwei Läden weiter bog er um die Ecke und führte sie in die Seitengasse. Sein Blick wanderte herum und ein tiefes Stirnrunzeln breitete sich zwischen seinen Brauen aus, als Esther, die Fahrdienstleiterin der Polizei, zu einem nahegelegenen Mülleimer ging.

Wie ein Zauberer, der ein Kaninchen aus dem Hut zog, holte Esther Davids Rucksack aus dem Mülleimer hervor. „Für einen Idioten hatte er den gesunden Menschenverstand, den Peilsender wegzuwerfen.“

„Vorausgesetzt, er wusste, dass es einen Peilsender gab." Paxton seufzte und blickte die Gasse hinunter. „Er wird nicht weit kommen."

Mehr als alles andere hoffte Sandra, dass er recht hatte.

Gerade als sie wieder auf die Main Street bogen, kam Sister aus der Boutique eilig auf sie zugerannt, schwer atmend und wild mit dem Arm wedelnd. „Er ist die Pearl Street hinauf. Sissy hat ihn durch das Fenster gesehen. Wir brauchten einen kurzen Moment, bis wir erkannten, dass der kleine Junge, den er mit sich schleppte, David war. Dieser fiese Typ, ich wusste schon an dem Tag, als er zum Einkaufen kam, dass er nichts als Ärger bedeutet."

„Hast du das Declan erzählt?" Paxton wippte auf seinen Fersen, offensichtlich bereit, dem Mann selbst hinterherzulaufen.

Sister nickte. „Sissy läuft schneller als ich. Das liegt an diesen langen, dünnen Beinen."

„Läuft?" Paxtons Augen weiteten sich und Sandra stockte der Atem. Diese süße ältere Frau war doch nicht hinter Ed her?

Mit den Händen auf den Knien und schnell atmend, nickte Sister. „Wir mussten etwas tun. Ich habe Declan angerufen, konnte aber nicht mithalten, also bin ich hergekommen, um euch zu suchen."

Oh Gott, Sissy verfolgte ihren Ex. Dass sich plötzlich jeder in der Stadt in ihre Angelegenheiten einmischte, war der schönste Segen, den Sandra je erfahren hatte. Alle standen hinter ihr, aber sollte Sissy etwas zustoßen, weil Sandra vor so vielen Jahren dumm genug gewesen war, Ed zu heiraten, würde sie sich das nie verzeihen.

Paxtons Telefon klingelte erneut, und er drehte sich zu Sandra um und packte sie am Arm. „Jemand muss Sister auf die Wache bringen. Ich würde lieber bei der

Jagd nach Ed mitmachen.“

„Es gibt noch etwas, das du wissen solltest.“ Die mollige Blondine versuchte immer noch verzweifelt, wieder zu Atem zu kommen. „Da ist eine Frau bei ihm.“

Das würde sicherlich das Feuer auf der Damentoilette erklären.

„Sie fährt einen zweitürigen Sportwagen.“

„Woher weißt du das?“ Die Frage entschlüpfte Sandras Lippen, bevor sie sich stoppen konnte. Was war schon dabei, wenn die Schwestern mehr über ihren Ex, seine Freundin und ihr Auto wussten als sie? Das Einzige, was jetzt zählte, war, von irgendjemandem Informationen zu bekommen, die ihr ihren kleinen Jungen wiederbringen würden … und zwar schnell.

KAPITEL ZWANZIG

„Sie ist gestern in den Laden gekommen." Sister schüttelte den Kopf, spähte über Sandras Schulter und behielt das Geschehen auf der Straße im Auge. „Wir haben gesehen, wie sie in diesen kleinen Sportwagen gestiegen ist. Normalerweise sind es Männer in so auffälligen Kisten, also fanden wir es interessant."

Paxton hörte aufmerksam jedem Wort zu, das die Ladenbesitzerin zu sagen hatte, während er seine Aufmerksamkeit die ganze Zeit auf das Handy und die eingehenden Nachrichten gerichtet hielt. „Ach, um Himmels willen …"

„Was?"

Paxton seufzte schwer und blickte zu Sandra auf. „Laut Declan hat Ned Sissy die Straße an seinem Laden vorbeilaufen sehen und jetzt ist er ebenfalls in die Verfolgung verwickelt."

„Verfolgung?"

„Wenn Sister wieder zu Atem gekommen ist, kannst du sie dann bitte zur Polizeiwache bringen? Ich werde selbst nachsehen, was los ist."

„Unsinn." Sister runzelte die Stirn. „Geht ihr beide. Ich komme auch alleine aufs Revier. Ich bin sicher, sie haben ihn inzwischen eingeholt und alle sind wieder da, wo sie hingehören."

Er lächelte die ältere Frau süß an. Doch so war das nicht geplant gewesen. Declan hatte vermutet, dass so etwas passieren würde. Er hatte zu viel Erfahrung mit ähnlichen Situationen aus der Zeit, als er noch in Dallas gearbeitet hatte. Aber der Plan, den sie gefasst hatten, beinhaltete nicht, dass jedes Mitglied der Gemeinde mitmachte.

Sandras Blick huschte von Paxton zu Sister, und sie wirkte hin- und hergerissen.

„Es liegt an dir", sagte er leise zu ihr.

Nickend straffte sie ihre Schultern. „Ich komme mit dir. Und wenn wir David haben, umarme ich ihn so fest, wie noch nie zuvor."

„Gutes Mädchen." Sister grinste zu ihr hoch. „Geht."

Er nahm ihre Hand und eilte zu seinem geparkten Wagen zurück. Basierend auf den Textnachrichten entschied er sich, ans Ende der Stadt zu fahren. Auf dem Parkplatz sah er Adam ebenfalls in seinen Truck steigen und losfahren, und Brooks tat dasselbe auf der anderen Straßenseite.

Eine weitere Minute später war Connors Stimme über ein Funkgerät zu hören, das Declan hielt. „Ich kann seine Rücklichter sehen. Der Idiot hat keine Ahnung."

Sandra runzelte die Stirn. „Keine Ahnung, wovon?"

„Ten Four," antwortete Declan in sein Funkgerät. „Adam und Brooks sind auf dem Weg dorthin. Ich ziehe Morgan und Finn von ihren Positionen ab und schicke sie los, um alle möglichen Alternativrouten abzudecken."

„Wovon redet er?", fragte Sandra.

„Wir hatten Leute an beiden Ausgängen aus der Stadt postiert. Wir wussten nicht, wohin er mit David fahren würde."

„Du wusstest, dass er ihn mitnehmen würde?"

Paxton zuckte mit den Achseln. „Ich wusste es

nicht, aber ich habe es vermutet."

Sie nickte und drehte sich, immer noch stirnrunzelnd, zu Declan um.

„Sieht aus, als hätte Oklahoma gewonnen." Declan blickte auf seine Uhr. „Reed ist etwa fünf Meilen vor Morton auf Position."

Eine andere Stimme unterbrach ihn. Esther, die Fahrdienstleiterin, war wieder im Einsatz. „Ich habe die Oklahoma State Police alarmiert. King wartet nur auf deinen Anruf. Er ist bereit, dort zuzugreifen, wo wir es ihm sagen."

Sandra starrte Declan und Jamison an, die mit einer aufgeschlagenen Karte auf der Motorhaube vor einem Auto standen, und drückte Paxtons Hand fester. „Ich verstehe nicht. Wenn sie wissen, wo Ed ist, warum halten sie ihn dann nicht auf?"

Gerade als er den Mund öffnen wollte, um zu sprechen, erklang Ians Stimme über das Funkgerät. „Ich bin auf Position. Das GPS-Tracking ist noch aktiv."

Sandras Augen weiteten sich. „Wie viele Leute sind hier involviert?"

Trotz der Ernsthaftigkeit der Lage konnte Paxton nicht anders, als ihre Reaktion ein klein wenig komisch zu finden. „Sehr viele."

„Deine Brüder auch, oder?"

Er nickte. „Sie sind auf alternativen Routen unterwegs. Nur für den Fall, dass Ed vom Highway abfährt."

„Na gut. Zurück zu meiner ursprünglichen Frage. Warum halten sie ihn nicht sofort an?"

Diese ganze Situation war verrückt. Sandra hatte keine Ahnung, wer die Frau bei Ed war, aber sie vermutete, dass das Mädchen Geld haben musste, wenn sie einen schicken Sportwagen fuhr, denn der Ed, mit dem sie verheiratet war, konnte sich nicht einmal ein Dreirad leisten. Und warum zum Teufel jagte die halbe Stadt und so ziemlich jeder Farraday ihrem Ex hinterher?

„Entführung ist ein schweres Vergehen. Entführung und Überschreiten der Staatsgrenze ist ein Bundesvergehen."

Jetzt begriff sie. „Es soll ein schwerwiegenderer Fall werden."

Paxton nickte.

„Und es wird viele Zeugen geben."

Wieder nickte der Mann, der ihr, ob sie wollte oder nicht, ans Herz gewachsen war.

„Wollt ihr zwei den ganzen Tag dastehen und quatschen oder wollt ihr dabei sein, wenn wir ihn uns schnappen?"

Paxton drehte sein Handgelenk, um auf seine Uhr zu sehen, und schüttelte den Kopf. „Er hat über eine Stunde Vorsprung."

„Eine Stunde und zwölf Minuten, um genau zu sein", unterbrach Declan.

„Das werden wir nie schaffen."

Zum ersten Mal seit ihrer Ankunft lächelte Declan. „Ethan ist im Hubschrauber. Er hat ihre Position verfolgt, damit wir ihnen immer einen Schritt voraus waren. Er müsste jeden Moment landen."

Wie gerufen ertönte das Geräusch eines Hubschraubers, der über ihnen kreiste. Was Sandra jedoch nicht wusste, war, wo zum Teufel Ethan landen würde? Ein paar Minuten später wurde ihre Frage beantwortet, als der Hubschrauber ein paar Häuser weiter aufsetzte.

Wieder lächelte Declan. „Der alte Navarette hat den größten Garten in der Nachbarschaft. Als wir um Erlaubnis zur Landung baten, strahlte der Typ, als hätte ich ihm gesagt, dass er im Lotto gewonnen hätte."

Ohne ein weiteres Wort nahm Paxton ihre Hand und eilte mit ihr den Block hinauf.

„Habt ihr ihn nicht so verfolgt? Mit Ethan? Ist es nicht riskant, ihn von der Jagd abzuziehen?"

„Ethan ist unsere Absicherung. Während alle im Café waren, hatte Declan seinen Deputy Reed ein Ortungsgerät unter dem vorderen Kotflügel des Sportwagens platzieren lassen. Ed hat vergessen, dass es in einer Kleinstadt eine Sache ist, ein paar Tage in die Stadt zu kommen und seine Ex auszuspionieren, aber eine andere, wenn man in einem neuen, protzigen Auto auftaucht. Innerhalb weniger Minuten hat die gesamte Stadt Bescheid gewusst."

„Seid ihr beide bereit für die Show?" Im Gegensatz zu den ernsten Mienen aller anderen zierte Ethans Gesicht ein vielsagendes Grinsen. Das musste an seinem militärischen Hintergrund liegen.

Wie konnten all diese Leute so ruhig bleiben? Wäre die Situation nicht so schlimm, hätte Sandra den Hubschrauberflug faszinierend gefunden. Aber gerade wünschte sie sich nur, dass es noch schneller ging.

„Alles in Ordnung?" Paxton drückte ihre Hand.

„Stell mir eine einfachere Frage." Sie versuchte, ein tapferes Lächeln aufzusetzen, aber sie musste noch viel über das Selbstvertrauen der Farradays lernen.

„Alles wird gut."

Das sagte sie sich auch immer wieder. Alle paar Minuten kam eine weitere Erinnerung an ihre Sommer auf der Ranch wieder. Als Adam einer Klapperschlange den Kopf abgeschossen hatte, die viel zu nahe an der Stelle war, wo sie herumgealbert hatten. Als sie im Bach ausgerutscht war und Neil und Owen ein Seil darüber gespannt hatten, an dem Paxton an den Knien gebaumelt war, um sie einzufangen, als sie vorbeitrieb, und noch so viele andere. Es gab niemanden, dem sie ihren Sohn mehr anvertrauen würde als Paxton und seiner Familie.

„Lasst die Show beginnen." Paxton deutete auf die Straße unter ihnen.

Sirenen heulten auf, Lichter blinkten und Ed raste so schnell, dass Sandra sich auf die Unterlippe biss und sich Sorgen um ihren Sohn in den Händen seines verrückten Vaters machte. Direkt vor ihr konnte Ed nicht sehen, was sie und Paxton bereits beobachten konnten – eine Reihe von Autos hinter der Staatsgrenze. Polizeiautos, die darauf warteten, ihn festzunehmen. Erleichterung überkam sie. Sie wollte nicht, dass dieser Mann noch irgendetwas mit ihrem süßen Jungen zu tun hatte.

„Der Typ fährt direkt in die wartenden Arme von Polizeibeamten aus zwei Staaten. Glückspilz." Ethans Sarkasmus war fast amüsant … fast.

In dem Augenblick als Ed die Staatsgrenze überquerte und sein Empfangskomitee entdeckte, gab er Gas und raste noch schneller, offensichtlich entschlossen, die Absperrung zu durchbrechen. Sandras Herz setzte kurz aus. Sie hielt Paxtons Hand fester, und bevor sie schlucken und beten konnte, platzten Eds Reifen einer nach dem anderen und sein Auto kam ins Schlittern und kam genau vor der Polizei von Oklahoma, und, wenn Ian da war, höchstwahrscheinlich den Texas Rangern zum Stehen.

Der Hubschrauber landete etwas abseits vom Geschehen. Es hatte keinen Sinn, alle davonzuwehen. Oder Ed die Gelegenheit zu geben, zu Fuß zu fliehen. Sandra stieg aus dem Hubschrauber und eilte, Paxtons Hand immer noch fest umschlossen, so schnell sie konnte auf das Getümmel zu. Als sie Ed mit auf dem Rücken gefesselten Händen sah, hielt sie inne. War das, was sie gewollt hatte?

Ein schrilles *Mommy* riss sie aus ihrem Schuldgefühl. Ed Morton hatte sich dies selbst eingebrockt.

Nichts, was ihm jetzt bevorstand, war Sandras Schuld. Sie hatte kaum Zeit, in die Hocke zu gehen, als sich David auf sie warf. Hätte Paxton sie nicht festgehalten, hätte ihr Sohn sie vermutlich umgeworfen.

„Ich liebe dich, mein Süßer." Sandras Arme waren noch nie fester um ihren Sohn geschlungen. Sie wiegte ihn praktisch hin und her, blickte über seine kleine Schulter in Paxtons Augen und formte mit den Lippen: *Danke.*

KAPITEL EINUNDZWANZIG

Dieser Samstag hatte lange auf sich warten lassen. Paxton hatte den Plan gehabt, ein Familien-Baseballspiel für die Kinder organisieren, seit er zum ersten Mal von Davids Interesse an dem Sport erfahren hatte. Seit dem verrückten Abenteuer mit Davids Vater vor einer Woche war der Junge ungewöhnlich ruhig und sogar verschlossen gewesen. Ein entspanntes, unterhaltsames Spiel schien nun wichtiger denn je.

„Hast du die Bases draußen aufgebaut?" Tante Eileen stand in der Küche und schwenkte einen großen Löffel herum, während sie die größte Schüssel Kartoffel-Eier-Salat anrührte, die er je gesehen hatte.

„Fertig." Onkel Sean, der mit vollen Armen ein riesiges Tablett mit marinierten Rippchen für den Grill trug, nickte seiner Frau zu. „Und Finn hat die Spielfeldlinien von gestern überprüft. Immer noch sichtbar und bereit für das Spiel."

„Und die Tribüne?" Seine Tante legte den Löffel zurück in die Schüssel und mischte weiter.

„Auch fertig." Connor schlug sich mit dem Hut ans Bein und stampfte seine Stiefel auf der Fußmatte an der Hintertür ab. „Ich habe auch die westliche Weide vorbereitet, wenn die Kinder danach noch nicht zu müde sind und etwas herumtollen wollen."

Tante Eileen hob den Blick von der Schüssel, hielt inne und wandte sich dann ihrem Neffen zu. „Sind müde Kinder nicht ein Widerspruch in sich?"

Gelächter erfüllte den Raum. Connor war im Moment die einzige Person mit Kindern im Raum und schaffte es, durch seine Heiterkeit zu murmeln: „Gutes Argument."

„Ich finde immer noch, dass es ein bisschen übertrieben war, Spielfeldlinien aufzumalen." Paxton hatte nicht vorgehabt, dass das Spiel so einen Aufwand mit sich zog, aber es sollte ihn nicht überraschen, dass seine Tante, als sie von seinen Plänen gehört hatte, alles daransetzte, den Tag zu einem großen Ereignis für Familie und Freunde zu machen. Nach dem Spiel würde es Essen und Musik geben und, wie er seine Tante kannte, auch getanzt werden.

Die Haustür flog auf und Quinn stapfte ins Haus, einen großen Seesack in jeder Hand.

„Bist du in einem Stall aufgewachsen?", rief Tante Eileen aus der Küche. „Mach die Tür zu."

Quinn schüttelte den Kopf. „Tut mir leid, aber Sandra Lynn und David sind –"

„Direkt hinter ihm." Sandra Lynn riss ihrem Sohn die Mütze vom Kopf.

Jeder, der schon einmal längere Zeit auf der Farraday-Ranch verbracht hatte, wusste, dass es Tante Eileens größtes Ärgernis war, wenn jemand im Haus einen Hut trug. Vor allem Baseballmützen, denn sie würde nicht zögern, ihre Familie und ihre Freunde darauf hinzuweisen, dass im Wohnzimmer keine Sonne schien.

David war letzte Woche etwas anhänglicher gewesen als sonst und schmiegte sich an seine Mutter.

„Die Kinder sind alle draußen im Hinterhof." Tante Eileen trat zurück und griff nach einem Teller. „Wenn du ihnen sagst, dass sie sich die Hände waschen sollen, können alle noch einen frisch gebackenen Schokoladenkeks essen, bevor das Spiel beginnt."

Davids Augen leuchteten auf und ohne das Zögern, das er die ganze Woche über gezeigt hatte, rannte der Junge durch das Haus und zur Hintertür hinaus.

„Mit Keksen kriegt man sie jedes Mal." Tante Eileen lächelte dem Jungen hinterher. „Gut, dass ich heute Morgen extra gebacken habe."

Ohne dass jemand ihn sah, stahl sich Paxton einen schnellen Kuss, nahm Sandra Lynns Hand und schloss sie fest in seine.

Sie lächelte zu ihm auf, drückte seine Hand und wandte sich dann in die Küche. „Ich muss mir diesen Trick merken."

„Das wird nichts." Mit einem Grinsen so breit wie das ganze Haus lächelte seine Tante Sandra an. „Der funktioniert nur bei Großmüttern und Pseudogroßmüttern. Ihr Eltern müsst euch an Regeln halten."

Nach einer weiteren Minute des Kicherns und Neckens über Kindererziehung und Großelternschaft ging die Tür wieder auf. Diesmal kamen Declan und seine Familie herein. Declans Sohn Thomas, der jüngste der Farraday-Enkel, wand sich direkt aus den Armen seiner Mutter und tapste, wie es nur ein Vierzehnmonatiger konnte, durch den Raum, wobei er *PohPah* wiederholte, bis sein Großvater ihn hochhob, auf seine Schultern setzte und das fröhliche Kind zu den anderen nach draußen trug.

„Ich vermisse dieses Alter." Sandras Blick verweilte einen Moment auf der Tür, die hinter Onkel Sean zuschlug.

„Da die Kinder jetzt alle draußen sind, dachte ich, euch würden vielleicht die neuesten Nachrichten über Mr. Edward Morton gefallen."

„Gute oder schlechte?", fragte Sandra so leise, dass Paxton sie, ohne nachzudenken an sich zog und sie auf die Schläfe küsste.

„Kommt darauf an." Declan zuckte mit den Schultern.

„Worauf?" Paxton wünschte, der Mann würde gleich zur Sache kommen.

„Wessen Stiefel du trägst. Ich würde sagen, für uns sind es tolle Nachrichten. Für Ed nicht so sehr."

Paxton seufzte. „Spuck es einfach aus."

„Wisst ihr noch diesen schicken kleinen Sportwagen?"

Sowohl er als auch Sandra nickten.

„Gestohlen."

Sandras Mund klappte leicht auf.

„Wir wussten bereits, dass er wegen Kindesentführung angeklagt werden würde, sobald er die Staatsgrenze überquert, was ihm unter den gegebenen Umständen mindestens acht Jahre einbringen sollte. Lange genug, damit David aufwachsen kann, ohne dass ihm ein gemeiner Betrunkener im Genick sitzt."

Bei diesen Worten versteifte sich Sandra Lynn. Er drückte sie einen Moment und küsste sie erneut auf die Schläfe, erfreut, als sie sich an ihn lehnte.

„Aber das Glanzstück, von dem ich, liebe Freunde, erst vor ein paar Stunden erfahren habe … Der Idiot hat seine Lieblingsdroge von Alkohol auf Heroin umgestellt, das er bei sich hatte. David wird sich sehr, sehr lange nicht mit diesem Mann herumschlagen müssen."

Sandra seufzte. „Ich weiß nicht, ob ich Mitleid mit Ed haben oder die Beine hochlegen und jubeln soll."

„Heute stimme ich für Jubel", rief Tante Eileen aus der Küche. „Morgen können wir Mitleid mit dem Trottel haben."

Die perfekte Darbietung seiner Tante brachte Sandra zum Kichern. Gott segne diese Frau.

Für Sandra Lynns hätte der Tag nicht besser laufen können. Es gab so viele Farraday-Enkelkinder, die ungefähr in Davids Alter waren. Adams Tochter Fiona, Connors Sohn Shane, Jamisons Sohn Brandon und Declans Tochter Caitlin waren alle nur ein paar Monate auseinander. Declan und Becky hatten den süßesten kleinen Jungen, Finn und seine Frau hatten ein kleines Mädchen, das ungefähr so alt war wie der kleine Tommy, und Grace und ihr Mann hatten ein kleines Mädchen, das ein bisschen jünger war als Tommy. Wie viel Spaß es für all diese Kinder sein musste, so viele Cousins und Cousinen ersten Grades zu haben.

Aber es waren nicht nur viele Kinder in Davids Alter da. Connors ältere Tochter Stacy und Brooks Tochter Helen sowie Ethans Tochter Brittany würden die Koordinatoren des Spiels sein. Sie teilten ihre Freunde auf die jüngere Brut auf, sodass die Teams ziemlich ausgeglichen waren. Und sogar die Jüngeren, die wie David nicht viel Training oder Übung hatten, schlugen sich wirklich gut. Es schadete auch nicht, dass die älteren Kinder alle anfeuerten. Das war wirklich eine wahnsinnig nette Familie.

Nachdem das Baseballspiel vorbei war, hatten die Kinder, wie Connor bereits erwähnt hatte, noch jede Menge Energie, weshalb sie alle auf die angrenzende Weide gingen, wo Connor alles für sie vorbereitet hatte, um Fangen zu spielen und den Lämmern Tücher vom Hals zu reißen. Außerdem gab es Lassowerfen mit ausgestopften Ochsen und eine Menge anderer Spiele, darunter Dreibeinrennen. Die Kinder hatten so viel Spaß, aber das Beste war, dass David mit all den anderen herumrannte und spielte und lachte. Der ruhige kleine Junge, zu dem er nach der Tortur mit seinem Vater in der vergangenen Woche geworden war, war verschwunden und ihr glücklicher Junge war zurückgekehrt.

„Du lächelst." Paxton reichte ihr einen Plastikbecher mit der frisch zubereiteten Erdbeerlimonade seiner Tante. „Möchtest du mir den Grund erzählen?"

„Mein Sohn ist glücklich."

Paxton legte ihr einen Arm um die Schulter und folgte ihrem Blick dorthin, wo David und die anderen Kinder ein Spiel spielten, das an Blindekuh erinnerte. Gray und die anderen Hunde der Familie tollten bellend und freudig herum und hatten genauso viel Spaß wie die Kinder. „Das ist er."

„Das habe ich dir zu verdanken."

„Ich hatte wenig damit zu tun."

„Das sagst du immer wieder, aber ohne dich hätte sich niemand so engagiert."

„Natürlich hätten sie das. Declan hätte das Gleiche getan, ganz unabhängig von mir. Schließlich bist du auch hier aufgewachsen."

„Na gut." Sie seufzte. „Ich gebe zu, dass Declan gut ist und Eds Absichten vorhersehen konnte, aber ich habe keine Zweifel daran, dass sich alle besonders viel Mühe gegeben haben, weil wir dir wichtig waren."

Paxton brauchte einen langen Moment, bevor er nickte. „Einigen wir uns darauf, dass ihr allen wichtig seid."

„Das ist vielleicht nicht der richtige Zeitpunkt oder der richtige Ort, aber ich kann nicht anders. Ich liebe dich, Paxton Farraday."

Sein Lächeln verblasste ein wenig, und wäre da nicht die Intensität gewesen, die in seinen Augen wuchs, als er sie musterte, hätte sie schwören können, dass sie gerade alles ruiniert hatte.

„Ich muss fragen." Er stieß einen langsamen, langen Atemzug aus. „Liebst du mich wie in *Oh, du bist mein bester Angelkumpel*, oder liebst du mich wie in *Ich will mein Leben nicht mehr ohne dich verbringen?*"

„Zum ersten Mal in meinem Leben weiß ich, wie es sich anfühlt, Hals über Kopf und ehrlich und wahrhaftig in einen Mann verliebt zu sein."

„Du meinst besser mich, denn ich bin Hals über Kopf in dich verliebt, seit du acht Jahre alt warst."

In diesem Moment reichte jemand seiner Tante ein Mikrofon, und sie klopfte darauf, um jedermanns Aufmerksamkeit zu erregen. „Damit ihr es alle wisst. Das Abendessen ist fertig. Rippchen und Beilagen stehen auf der hinteren Veranda. Wie ihr bereits herausgefunden habt, sind die Getränke in den Kühltruhen, die auf dem Gelände verstreut sind."

Von allen Seiten ertönte Applaus. Fast jedes Mitglied des Farraday-Clans war anwesend, ebenso wie die halbe Stadt. Sogar Sister und Sissy hatten ihren Laden geschlossen, um hier zu sein.

„Sing!", rief jemand aus nicht allzu weiter Entfernung.

Tante Eileen schüttelte den Kopf. „Nicht heute Abend. Dieses Treffen ist für die Kleinen."

Es folgten mehrere weitere Stimmen: „Sing!"

Paxtons Tante verdrehte die Augen. „Jungs, gönnt einem Mädchen eine Pause."

Jetzt hatten so ziemlich alle Erwachsenen und die Hälfte der Kinder ihre Hände vor den Mund gelegt und brüllten laut: „Sing!"

„Schon gut. Schon gut." Tante Eileen winkte der Menge zu. „Ihr habt gewonnen." Sie drehte sich um, flüsterte ihrer Schwägerin Ann etwas zu und wandte sich dann wieder der Familie zu, die sich um die hölzerne Tanzfläche versammelt hatte, die Tante Eileen immer aufbauen ließ, wenn Familie und Musik an einem Ort waren. „Das hier ist für alle Turteltauben da draußen. Eines meiner Lieblingslieder von Frank Sinatra."

Sandra brauchte einen Moment, um die ersten Töne

zu erkennen, aber als Paxtons Tante anfing *Some day, when I'm awfully low* zu singen, erkannte sie das Lied, das auch einer der Lieblingsoldies ihres Vaters gewesen war.

„Wollen wir?" Paxton hob eine Hand und sie wusste, dass er derjenige gewesen war, der seine Tante gebeten hatte, dieses Lied zu singen.

Auf ihr Nicken hin wirbelte er sie in seine Arme. Für den Rest des Liedes verschmolz sie mit ihm, getröstet von seiner Fürsorglichkeit und seiner tiefen, leisen Stimme, die mit seiner Tante mitsang. Jedes Mal, wenn er *'cause I love you* sang, kribbelten ihre Zehen und ihr Herz tanzte. Egal, wie lang und hart die letzten Jahre gewesen waren, absolut nichts war süßer als dieser Moment.

Als die schwungvolle Melodie langsamer wurde und Tante Eileen ihren Mann anblickte und ihre Stimme senkte, um die letzten Zeilen *the way you look tonight* zu singen, zog Paxton Sandra an sich und ließ sie ganz leicht hinabtauchen, bevor er sie wieder in seine Arme hob und innig und stark und süß und liebevoll küsste. Ja. Das Leben war noch nie besser gewesen.

EPILOG

Der Tag, an dem das Band für das neue Wohltätigkeitsprojekt in der Stadt durchschnitten werden sollte, war endlich gekommen. Alle waren überglücklich. Bei so vielen fröhlichen, lächelnden Gesichtern konnte Quinn Farraday nicht anders, als mitzulächeln. Zumindest ein bisschen.

Es gab nur ein winziges Problem. Paxton hatte sich Hals über Kopf in Sandra Lynn verliebt. Was an sich kein Problem wäre. Aber dass sie ein bezahlbares neues Heim bekam, während Paxton seit fast zwei Wochen einen Ring in seiner Tasche herumtrug, könnte ein potenzieller Wermutstropfen für die Wohltätigkeitsorganisation sein. Wenn Sandra Lynn ja sagte, war sie schließlich keine alleinerziehende Mutter mehr, die auf Unterstützung angewiesen war.

„Hat er etwas zu dir gesagt?" Ryan warf einen letzten Blick auf das herausgeputzte kleine Haus, um sicherzustellen, dass es für das große Fotoshooting bereit war, das in etwa einer Stunde stattfinden würde.

„Kein Wort. Aber er hat mehrmals gebellt, falls das zählt." Quinn verdrehte die Augen. Sein etwas älterer Bruder benahm sich wie ein mürrischer Teenager.

„Psst. Da sind sie." Ryan trat einen Schritt zur Seite und bemerkte das Kamerateam, das den Weg heraufkam. „Wird das für die Show gefilmt?"

Quinn zuckte mit den Schultern. „Keine Ahnung."

„Also, ich kann mir keinen schlechteren Zeitpunkt

vorstellen, dass etwas auf Film gebannt wird."

„Warum?" Quinn schätzte, dass die Hälfte des gefilmten Materials sowieso auf dem Boden des Schneideraums landen würde.

„Wirklich? Unser Bruder will die Frau heiraten, die bald ein bezahlbares – und wenn ich das so sagen darf – schönes Haus geschenkt bekommt, das sie vielleicht früher oder später zurückgeben muss, und du willst, dass das gefilmt wird? Für das nationale Fernsehen?"

„Da hast du recht."

„Ohne Sch–"

„Du wolltest gerade etwas Angemessenes sagen, oder?" Ihre Tante kam zur Tür herein und grinste ihre Neffen an. „Ihr zwei wart immer süß, wenn ich euch mit den Händen in der Keksdose erwischt habe. Also, worum geht es hier?"

„Das Haus." Ryan winkte mit dem Arm.

„Ihr habt tolle Arbeit geleistet. Und ich sehe, das Filmteam ist hier."

Beide Brüder nickten.

„Aber wo ist Sandra Lynn?"

Diesmal zuckten die irischen Zwillinge, die etwas mehr als elf Monate auseinander geboren waren, mit den Schultern.

„Da sind sie." Tante Eileen zeigte auf den Hinterhof.

Durch das Küchenfenster konnte man Sandra und David im Garten sehen, Paxton neben ihnen.

„Sie sind süß, nicht wahr?" Tante Eileen hatte einen rührseligen Gesichtsausdruck, als sie aus dem Fenster starrte.

„Süß war nicht das erste Wort, das mir einfiel." Quinn dachte an *kitschig*, aber süß würde reichen müssen.

„Sieh dir das an." Tante Eileen zeigte auf sie. „Alle

drei halten Händchen, David in der Mitte. Sie sehen aus, als wären sie schon immer eine Familie gewesen."

Das taten sie. Quinn seufzte. Umgeben von all seinen Cousins, deren Kinder hintereinander herliefen, und seinen eigenen Brüdern, die einer nach dem anderen heirateten, hatte er wirklich das Gefühl, etwas zu verpassen. Zumindest ein bisschen.

„Oh, mein Gott." Tante Eileens Augen weiteten sich und ihre Hände flogen zu ihrem Mund.

Quinn drehte seinen Kopf herum und sah seinen Bruder auf ein Knie gehen und David einen Ring präsentieren. „Sollte er nicht das Mädchen fragen, ob sie ihn heiraten will?"

„So läuft es normalerweise", sagte Ryan mit ernster Miene.

„Männer." Tante Eileen schüttelte den Kopf. „Er fragt David um Erlaubnis. Er will nicht nur Sandra heiraten, er will sie beide heiraten."

„Oh", murmelte Ryan.

„Ergibt Sinn", fügte Quinn hinzu. Es ergab tatsächlich sehr viel Sinn. Connor behandelte Stacy wie seine eigene Tochter. Tatsächlich hatte er beim ersten Treffen mit ihnen keine Ahnung gehabt, dass sie nicht seine leibliche Tochter war. Und jetzt war Paxton im Begriff, dasselbe zu tun.

Eine weitere Minute verging und David schlang seine Arme um Paxton und warf ihn fast zu Boden. Immer noch fest mit einer Hand die Ringschachtel umklammernd, legte Paxton seinen anderen Arm um David und hielt ihn fest. Immer noch auf einem Knie, blickte er jetzt zu Sandra auf.

Quinn war kein Romantiker, aber selbst er wünschte, er könnte hören, was die beiden sagten. Eine weitere Sekunde verging und Paxtons Lippen hörten auf, sich zu bewegen, während Sandras Kopf so schnell auf und ab wippte, dass es ein Wunder war, dass er nicht abfiel.

„Das wäre erledigt." Tante Eileen lachte, als alle drei zu Boden fielen, lachten und einander umarmten. Quinn war sich ziemlich sicher, dass Sandra Lynn weinte. „Oh. Da kommen sie. Seht aus, als wärt ihr beschäftigt."

„Was?", fragte Ryan.

„Sie sollen nicht wissen, dass wir sie ausspioniert haben." Seine Tante drehte sich um und machte sich über den nicht vorhandenen Staub auf einer perfekt sauberen Küchentheke her.

„Wir haben nicht spioniert. Wir haben zugesehen. Und wenn sie nicht wollten, dass wir es sehen, dann hätte mein großer Bruder ihr vielleicht an einem privateren Ort einen Antrag machen sollen." Quinn hatte nichts dagegen, seine Aufmerksamkeit auf etwas anderes zu richten, aber er mochte es nicht, als Spion bezeichnet zu werden.

Die Fliegengittertür öffnete sich quietschend, gefolgt von der Hintertür. Ryan murmelte etwas über das Ölen des Scharniers vor dem Durchschneiden des Bandes und verschwand.

Sandra Lynn blieb stehen, als sie Quinn und Tante Eileen in der Küche sah. „Oh, hallo."

„Hallo", war alles, was die beiden sagten, aber seine Tante hatte ein so breites Grinsen im Gesicht, dass Sandra Lynn eine Idiotin sein musste, um nicht zu merken, dass die Katze bereits aus dem Sack war. Sie errötete und machte sich nicht die Mühe, ihr eigenes Grinsen zu verbergen. „Ihr wisst es?"

Tante Eileen nickte.

„Ich schätze, ich muss den Leiter der Wohltätigkeitsorganisation finden." Sandra Lynn blickte auf ihren Sohn hinunter und hielt Paxtons Hand fest. „Anscheinend brauche ich doch kein Haus."

Diesmal starrte Paxton sie an, als wäre sie eine Oase in einer trockenen Wüste, und nickte. „Ich werde ihr das perfekte Haus bauen –"

„Wie bitte?", unterbrach ihn Quinn. „Du?"

„Okay." Sein Bruder lächelte ihn an. „Wir."

Quinn nickte. „Solange wir uns einig sind." Dann wurde ihm klar, was für ein Idiot er war. Er drehte sich zu Sandra um und lächelte, fast überrascht, wie sehr ihm danach war zu lächeln. „Willkommen in der Familie."

Sandra drehte sich um, ließ Paxtons Hand los und schlang ihre Arme um Quinn, um ihn schnell zu umarmen und ihm ein Küsschen auf die Wange zu geben. „Danke. Ich wollte immer eine große Familie. Sieht so aus, als würden Träume wirklich wahr werden."

Sie schmiegte sich wieder an Paxton, der die ganze Zeit nicht aufgehört hatte, wie ein Honigkuchenpferd zu grinsen.

„Träume werden definitiv wahr." Die Art, wie Paxton seine zukünftige Frau praktisch mit seinen Augen verschlang, bereitete Quinn überraschend Unbehagen.

Quinn räusperte sich und streckte David die Hand entgegen. „Warum hilfst du mir nicht, den Mann von der Wohltätigkeitsorganisation zu finden, mit dem deine Mama reden will?"

David nahm seine Hand und nickte zustimmend.

„Du auch, alte Lady."

„Alt?" Er hatte noch nie gesehen, wie sich die Augenbrauen seiner Tante so hoch erhoben. „Pass lieber auf."

Quinn musste kichern. Er liebte seine Tante und seinen Onkel und die gesamte Farraday-Brut. „Geben wir ihnen, du weißt schon, etwas Privatsphäre."

Seine Tante lachte. „In etwa fünfzehn Minuten wird es hier von Leuten wimmeln, aber ja, geben wir ihnen etwas Privatsphäre."

Draußen hatte seine Tante die Vertreter der Wohltätigkeitsorganisation bereits in die Enge getrieben. Soweit er aus der Ferne mitbekommen hatte, hatte Paxton sie bereits vorgewarnt, dass sich die Dinge ändern könnten, und sogar schon eine weitere Kandidatin aus der Gegend vorgeschlagen. Eine der Kellnerinnen im Café war ebenfalls eine alleinerziehende Mutter, die es schwer hatte, den amerikanischen Traum zu verwirklichen.

Als er über die Schulter sah, konnte er einen flüchtigen Blick auf Paxton und Sandra Lynn erhaschen, die sich innig küssten. Okay, vielleicht hatte seine Tante recht und sie waren tatsächlich süß. Und vielleicht sollte er aufhören, das Wasser dieser Stadt zu trinken, bevor er vor einem Priester stand und *Ja, ich will* sagte.

Kopfschüttelnd blickte er sich um und sah all die Leute, die er kannte, und die sich zur feierlichen Eröffnung versammelt hatten. Jeder einzelne seiner Geschwister und Cousins sah überglücklich aus, und doch, egal wie süß Paxton und Sandra aussahen, Quinn würde sich auf keinen Fall dafür melden, der nächste in der Reihe zu sein. Auf gar keinen Fall.

ÜBER CHRIS KENISTON

Chris Keniston ist Autorin von vierzig zeitgenössischen Romanen und lebt mit ihrem Mann, zwei menschlichen Kindern und zwei Hundekindern in einem Vorort von Dallas. Obwohl sie beide Hunde gleichermaßen liebt, gibt sie zu, eine ganz besondere Bindung zu ihrem Deutschen Schäferhund aus dem Tierheim zu haben. Schließlich verdienen auch Hunde ein Happy End.

Auf www.chriskeniston.com erfahren Sie mehr über Chris Keniston und ihre Bücher.

Folgen Sie Chris' Montagsblog auf ihrer Website ChrisKenistonAutoren

Folgen Sie Chris auf Facebook unter ChrisKenistonAutorin